皇太子の双騎士

Ayano Saotome
早乙女彩乃

CHARADE BUNKO

Illustration

兼守美行

CONTENTS

大理石の浴槽にたゆたう湯の中から、漆黒の髪をした彼がゆったりと身を起こす。

「今夜の湯は熱い。明日は気をつけろ」

若々しい白い肌は水を弾《はじ》き、彼が足をおろした絨毯《じゅうたん》の上にしたたり落ちる。

その身体《からだ》は華奢《きやしゃ》だが、立ち姿や動作から彼が高貴な身分であることが容易に推察できた。

「どうぞ」

そばに直立していた青年は、手際よく清潔なリネンを差しだす。

「フェンリス、僕は今夜、疲れているんだ。有能な第二皇子《おうじ》のジーフリトが今、病のご母堂の介護で半年近く政務を離れているせいで、王妃と僕がどれだけ忙しいか知っているだろう?」

その言葉に、フェンリスという名の美しく逞《たくま》しい銀髪の青年が彼の背後にまわり、肌にまとう水滴をやわらかなリネンでぬぐい始める。

「でも、久しぶりにジーフリトを本城に呼んだのでしょう?」

「もういい時期だと思ったからだ。先日、彼からそろそろ政務に復帰できると言ってきた」

甲斐甲斐《かいがい》しい手つきだった。

「明日にも、愛《いと》しい彼に会えるのが楽しみですね」

それはフェンリスの嫌味でしかない。

「もういい。夜着を持ってきてくれ。早く」

それでもフェンリスの所作は優しさに満ちていて、されるがままの彼はそれをいいように扱っているように見えた。

「承知しました。テュール皇太子殿下」

「そんな呼び方をするな！　僕がそう呼ばれるのを嫌っているのを知っているだろう！」

「ええ、わざとです。少しくらいジーフリト皇子に嫉妬《しっと》してもいいでしょう？」

テュールと呼ばれた線の細い彼が、心底からの嫌悪をあらわにした表情で相手を睨《にら》む。

深い翡翠《ひすい》色の瞳《ひとみ》は水分が多いせいなのか、普段から濡《ぬ》れているように見えた。

「敬語も使うな！　いつも使わないくせに、なにを考えているんだ？」

「ふふ。それは秘密だ」

フェンリスはようやく表情をやわらかく崩し、今度は脇卓に置かれていた冷水を銅杯に注《つ》いで差しだす。

「水なんかいらない。すぐにワインを持ってこい」

「どうした？　ずいぶん機嫌が悪いな」

「別に」

「ああそうか。今夜はジーフリトが本城に泊まっているからか？」

テュールはいらないと言った冷水をひと息で飲み干すと、銅杯を忌々しげに相手の胸に投げつける。

高い音が断続的に床で弾けると、フェンリスは何ごともなかったように空になった銅杯を拾って脇卓に置いた。

「テュール、おまえがいつまでも裸でいるってことは、俺に抱いて欲しいんだな？」

「なっ！　そんな、違う！」

にわかに頬《ほお》を染めて叫ぶと、テュールは急いで籠《かご》に置かれた薄い夜着を羽織って帯を締める。

「嘘《うそ》をつくな」

背の高い従者が威圧的なオーラをまとって近づいてくると、テュールは急に怯《おび》えたように瞳を揺らめかせる。

「いいぜ。おまえの、そういう目がたまらない。俺が怖いか？」

陶酔したような、とろりとしたたる艶《つや》を帯びた声色は、秘密の夜の始まりを意味する合図。

「フェンリス！　……今夜は、いやだ」

拒絶には懇願がにじんでいる。

「契約を交わしただろう？　おまえを護《まも》る代わりに、俺は欲しいときにおまえを抱ける」

「でも、今夜はどうしてもいやなんだ」

「ジーフリトが近くにいるから？」

「違う！　ただ、疲れているから……」

「悪いがおまえに拒絶する権利はない。それに、抵抗するなら腕ずくでもいいんだぜ」

この美丈夫に、力でかなわないことはテュールもいやというほど知っている。

何度か本当にしたくなくて、全力で拒んだ夜があった。

そのときは強姦《ごうかん》以外のなにものでもなく、惨憺《さんたん》たる状態だった。

銀色の髪をした狼《おおかみ》の化身のごとき野卑なフェンリスに、深々と己の肉を抉《えぐ》られたときの快感は壮絶だったが、そのあとの虚無感は想像以上だった。

だから、逆らうことは自分にとって得策でないことくらい計算できる。

「わかった……でも今夜は、ひどく……しないで欲しい」

最後は消え入るような悔しげな声だったが、フェンリスはそれさえもはねつけた。

「嘘をつけ、おまえは意地の悪い俺が好みだったろう？　違うか？」

意味深な笑みを見たくなくて、テュールは顔を背けた。

「ご所望のワインを持ってくるから、逃げずに寝所で待っていろ」


「あっ……あ、や！　やめっ。フェンリス……っ…ぅ」

天蓋《てんがい》のある豪奢な寝台の脇《わき》には飾り脚のついた木机が置かれていて、立体的な装飾の施された金製と銀製の杯とワインの入った樽《たる》がその上に置かれている。

その杯はテュールのお気に入りで、金・銀・銅と、三種がある高価な品だった。

それぞれに、ガーネット、ダイヤモンド、ルビーの宝石がはめ込まれている。

「どこが感じる？」

今夜のフェンリスは、なにかにかられているかのように特に意地が悪かった。

寝台に組み敷いたテュールが着ている、透けるほどに薄い夜着の布越しに白い肌を舐《な》めまわしている。

「いや！　いやだっ……あぁ」

フェンリスの上顎《うわあご》にはまるで牙《きば》のように、立派な犬歯が生えている。

そのせいか、彼はまるで銀の髪を持つ灰色狼のようだった。

間接的な愛撫《あいぶ》は焦れったく、男を知った肌は直接的な刺激を欲しがって敷布の上で苦しげにのたうちまわる。

口移しで何度も喉《のど》に流し込まれたワインが、追い打ちをかけるように身体を熱くしていた。

「いや？　優しくして欲しいんじゃないのか？　それとも、いつものように乱暴にして欲しいか？」

感じすぎたせいでツンと尖《とが》ってしまった乳首が、薄い布をいやらしく持ちあげているのを、フェンリスは愉《たの》しげに見下ろしている。

ふと悪戯《いたずら》を思いついたように脇机の上から、ワインの入った銀杯を手に取った。

「触って欲しいのは、この……美味《おい》しそうな果実だろう？」

高価な杯には蔓《つる》と花の模様の立体装飾がされていて、フェンリスは杯を傾けると紅《あか》いワインをテュールの胸の上に振りこぼした。

「ぁ！　冷たっ……」

「これは失敬」

謝罪の言葉を伝えた唇が、こぼれたワインの染み込んだ薄い布からワインを吸いあげ始める。

「ぁ…んぁっ。よせ！　やめろっ。こんなっ……ぁ、ぁぅ」

ちゅ、ちゅ…と、淫靡《いんび》な音をたてながら唇は透けた夜着の上を移動し、やがて乳首に達すると、そこを強めに吸いあげた。

「ぁん！　いやぁ……ぁ、ぁあ。そ…んなっ……ぁう」

歯を立てられ、グンと背中の真ん中が敷布から離れて浮きあがる。

「焦れったいんだろう？　ここを、どうして欲しい？」

その問いに、力の入らない指が夜着を脱ごうと弱々しく動くが、フェンリスはあえてそれをやめさせた。

両手首を摑《つか》んで敷布に押しつけ、動きを封じた上で再びワインをこぼして乳首に唇を寄せる。

　そうして赤子が乳を吸うように布に染み込んだワインをすすり、犬歯を紅い肉芽に食い込ませた。

　怯えたような、はかないすすり泣きが次々と漏れる。

「いやっ……ぁぁ…いやぁ」

「なぁテュール、今夜のワインの味は……格別だ」

　おしゃべりをするために動く舌が不規則に乳首に触れて、テュールの唇が甘く歪《ゆが》む。

「ぁっ……ぁぅぅ」

　何度もワインをすすって満足したあと、フェンリスは今度、テュールの両足首を摑んで腰が浮くほど引っぱりあげた。

「なにっ？　あ、そんな！　フェンリス、いやだっ」

　そうしておいて、本人の眼前でその足を左右に大きく広げさせた。

「よせっ！　やめろ」

　小さな孔《あな》は、まだ固く口を閉ざしている。

「俺もそろそろ限界だ。早く中に挿《はい》りたい。それなのに、おまえはまだまだ正気で俺を拒絶しているようだから、今度はこっちでワインを飲ませて酔わせてやるよ」

　そう言ったフェンリスはワインを口に含んで身をかがめると、小さな孔の口に唇をあてがって一気に流し込んだ。

「いやぁぁっ」

悲鳴に近い拒絶が部屋に響くが、フェンリスは容赦ない。

そんなひどい行為を繰り返していると、やがてテュールの全身が桃色に染まってきた。

「いいか、ちゃんと孔《くち》を締めていろよ。ワインを一滴もこぼすな」

「そんな、無理っ……あぁ、もう……ぁ、助けて……フェンリス」

「ふふ。可愛《かわい》いテュール。俺は、そういう本気で余裕のないおまえの姿が見たいんだ。さすがに下の孔《くち》から直接流し込んだから、酔いがまわるのも早いみたいだな」

フェンリスはそう言うと、腰の砕けた身体を易々《やすやす》とひっくり返して四ツん這《ば》いにさせ、今度は自分がテュールの眼前に移動すると、彼の顎を摑んで顔をあげさせる。

「やぁっ。いや、いやぁ……こぼれる。こぼれる……！」

「ほら、舐めさせてやるよ。皇太子殿下は、俺のこれが大好きだろう？」

「ん、ぅ！　できなっ……今は、無理……あ、ぁぁ……だめ。出る。あ…ぅぅ」

テュールの顔が苦しげに歪んだ。

寝台の脇には大きな姿見が置かれていて、フェンリスがそこに視線を流すと、ゆるんだ孔からたらたらとこぼれてしまう赤いワインが映っている。

「おい、ちゃんと締めていろ！　こぼすなと言っただろう。お仕置きが欲しいのか？」

「あ、ぁ、そんなの…無理だ。もう、無理だっ……できないっ」

「それ以上こぼしたら、今夜は一度では終わらせてやらないぜ」

「あぁ。ひどい……おまえは、本当に…ひどい男だ」

「……仕方ない奴だな。では、今夜はおまえの口にぶちまけるのは許してやる」

フェンリスは皇太子を正面から抱きあげると、細い足を開いて自分の腰の上に跨《またが》らせた。

「あぁ！　いやだ。こんなの、いやだっ！」

正面から抱き合って交わるのをテュールがひどくいやがるのを知っているから、フェンリスはいつもわざとこの体位を選ぶ。

今、誰《だれ》に抱かれているのかを、テュール自身に視覚的に自覚して欲しいからだ。

「これだと、おまえの喘《あえ》ぐ顔が丸見えで興奮する。さぁ、デカイのを挿《い》れてやる」

フェンリスはワインのしたたり続ける、ぐずぐずになった無防備な孔に、勃起《ぼっき》した己をあてがった。

「あ！　ぁぁぁっ！」

今夜の交合は長くて激しかった。

嫉妬と興奮に満ちたフェンリスの尖った犬歯やざらついた舌が、テュールの白い肌に無意識に傷を残す。

テュールが恍惚《こうこつ》とした甘い瞳で、下から腰を打ちつけるフェンリスを見つめている。

酒に弱い彼が、ワインのせいですっかり正気を失っていることがわかった。

「テュール」

彼が今このとき、なにを、誰のことを考えているのかをフェンリスはよく知っている。

「……ぁぁ…ジー……リト」

他《ほか》の男の名を平気で口にする相手にいらだったフェンリスが、細い背に腕をまわした。

陶酔しきったテュールが愛しげに呼んだのは、彼の腹違いの弟、第二皇子の名前。

「テュール、今おまえを抱いているのは誰だと思っている？」

背を抱く腕にぐっと力が加えられたことで、気道が圧迫されて上手く息が吸えない。

息苦しさから正気に戻ったテュールは何度か大きく息を吸い込んでから、あえて挑むような意地の悪い目を向けた。

「僕を抱いてるのはジーフリト。ジーフリト皇子だ。おまえなんか………身代わりに、決まっているだろう……忘れ…たのか？」

ひどい痛みを与えられているかのように、フェンリスの顔が歪む。

「……忘れてなどいないさ。でも……俺は！」

フェンリスの動きがいっそう余裕なく乱暴になっていき、テュールは満足そうに微笑《ほほえ》む。

こんなふうにいくら身体を好き勝手に蹂躙《じゅうりん》されていても、相手よりも自分が精神的優位にいることを思い知らせたいからだ。

「フェンリス。忘れるなよ。おまえは……ジーフリトの……ぁ、身代わりだってこと」

嫉妬で暴走するフェンリスに激しく突きあげられ、やがてテュールは悲鳴とともに達した。

失神したせいで急に重みを増した身体に、フェンリスは少し遅れて欲望の証《あかし》をそそぎ込む。

荒く息をつきながら、だがフェンリスは気を失った相手の口を開けてワインを流し込んだ。

すぐにテュールがむせて目を開ける。

「寝るのは早い。これで終わりだと思うのか？　まだまだだ。今度は後ろからやってやる」

「あぁ…おまえは、最低の男だな………！」

テュールは男の太い腕一本に、易々とひっくり返される。

「テュール、その意気だ。おまえはそんなふうに、気が強くなくては」

「……あっ！」

敷布の上に膝《ひざ》を立てさせられ、さきほどの狼藉《ろうぜき》で締まりきらない孔に背後から欲があてられる。

「やめてっ。もう挿れるな！　頼むから、もう…いやぁ！」

甘くとろけた孔は本人の拒絶とは裏腹に、萎《な》えることのない肉塊を悦《よろこ》んで迎え入れる。

深く貫かれると腰からは呆気《あっけ》なく力が抜けたが、その代わり、悔しげな白い指が敷布を引き裂かんばかりに摑み締めた。

「あ。ぁぁぁっ」

拒絶しても挿入の快感はテュールの全身を容赦なく飲み込む。

「いや。もう、いやぁ……ぁぁ。許して……」

許しを乞《こ》う言葉とは裏腹に、淫蕩《いんとう》な快感を味わいつくそうとする中の肉壁は勝手に痙攣《けいれん》してしまい、その振動と蠢《うごめ》きが柔肉を穿《うが》つ雄を最高に悦ばせていた。

「いい声だ。もっと啼《な》け、テュール」

甘い甘い拷問は、終幕を知らない。


もうずっと長い間、フェンリスは辛《つら》く叶《かな》わぬ恋をしていた。

凜々《りり》しくて美しい、彼の主《あるじ》である孤高の皇太子に。

フェンリスはテュールがとても複雑で不器用な性格だということを知り抜いている。

彼がどうしていつも自分をこれほど冷徹に扱うのかについても、何度も考えていた。

そして出した結論は、きっと彼が自分に誤解させないようにしているのだということ。

フェンリスが愛してやまないテュールは、実の弟であるジーフリト皇子を愛している。

だから、自分の熱い想《おも》いが報われることは一生ない。

テュールはあえて期待を持たせないため、自分に冷たくしているのだとフェンリスは信じようとしていた。

きっとそう。そうだと信じたかった。

それでも言葉の刃《やいば》は、テュールの心を求めてやまないフェンリスを、いつも容赦なく貫く。

「身代わりでもいいと言ったのは俺だ……わかっている。でも……俺はおまえを……」

傍らで泥のように眠り込むテュールの腕に、フェンリスは過去の傷跡を見つける。

その傷は、数年前に負ったものだ。

フェンリスが、たとえ己の命を犠牲にしても、この美しい皇太子を護ると誓った日のこと。

思えば、二人がこんな関係になるまでには長い時間がかかった。

二人が皇太子とその護衛役でなくなったのは、半年前の戦のあとだった……。

まるで眠り姫のように意識のないテュールを見下ろしながら、フェンリスは自分たちがまだ、普通の主従関係だった頃のことを思いだしていた。

あれは、そう……。

テュール皇太子と自分が近衛兵隊を率い、反逆者を西の砦《とりで》に追いつめていたときのこと。


――この物語は、そこから始まる――

1

ヴァルーラ王国は、アインヘイム大陸の北端に位置する巨大な王制国家。

大陸にはそれぞれ独立した政権を持つ六つの国があり、三年もの長きにわたり領地を巡る戦が絶えなかった。

だが、救世主のごとく現れたヴァルーラ国王の尽力によって六ケ国間で平和条約が締結され、それを見届けたあと、国王は過労と戦の傷がもとで呆気なく他界した。

それから半年、現在のヴァルーラ王国を統治しているのは、亡き国王の正室、タラトスク王妃だ。

王妃がなぜ、国王の代理を務めているのかというと、この国では二十五歳にならないと王位継承権を得られないという戒律があるからだ。

現在、テュール皇太子は二十四歳。フェンリスとジーフリトは共に二十一歳だった。

タラトスク王妃の生い立ちについて語ると、彼女はもともと隣国の貴族の息女だったが、外交で訪れていたヴァルーラ国王の心を、その華やかな美貌《びぼう》で一瞬にして虜《とりこ》にした。

透けるような美しい肌から『雪の女神』という愛称を持ち、絶世の美女と謳《うた》われてきたタラトスクだったが、実はとても厳格な性格で気性も激しく、ともすれば非情な一面を持つ。

そんな王妃の豪腕ぶりには異を唱える者も多く、国民の中には王妃を支持しない者もいた。

そんなことがあり、現在は皇太子のテュールが王妃の補佐として国政を支えている。

四年前に成人の儀を迎えたテュール皇太子は、タラトスク王妃が国王との間にもうけた唯一の王家の純血で、王妃は息子を可愛がっていた。

もちろん、テュールが美貌の王妃によく似た類《たぐ》い希《まれ》な容貌の持ち主であることも、幼少の頃から彼が王妃の寵愛《ちょうあい》を一身に受けてきた理由の一つかもしれないが。

テュールは本当に見目の麗しい青年だった。

その透き通った白い肌は絹のように繊細で、薄い桃色の差す頬と赤みがかった唇。

肩にかかるほどの艶やかな髪はオニキスの輝きを放ち、意志の強い碧の瞳は濡れた翡翠のように神秘的だ。

ほっそりとした身体のせいで、ともすれば中性的にも見えるテュールだったが、実はヴァルーラ王国の誰よりも剣術に長《た》けていて、今このときも国境付近の戦地へ向かう軍隊の最高指揮官として、王家直轄の近衛兵隊を率いていた。

このとき、ヴァルーラ王国は再び、戦乱の危機に見舞われていたからだ。

ようやく終結した長い戦乱のあと、しばらくはアインヘイム大陸に平穏な日常がもたらされていたが、数ヶ月前に突如、反逆勢力が現れた。

戦後の混乱に乗じて勢力を増し始めたのは、シュムドラ派と名乗る反国家集団だった。俗称では北海のバイキングと呼ばれ、交易を行う沿岸で悪さをする荒くれ者の集まりだ。

彼らはもともと、王国の沿岸域に住んでいた少数民族だが、常から国家勢力に統治されることを嫌っていた。

そのため、シュムドラ派の首長であるセドムは、方々から無法者の傭兵などを集めて軍隊を編成した。

その後は戦を起こしては国民から農地を奪い、抵抗すれば女や子供も容赦なく手にかけるなど、残虐な蛮行はタラトスク王妃を常に悩ませていた。

彼らをこれ以上増長させないため、ついに王妃は反逆勢力の制圧に乗りだした。

シュムドラ派討伐の大任を命じられたのは、他でもないテュール皇太子だった。

テュールは今、近衛兵隊隊長であり側近のフェンリスと、第二皇子ジーフリトを伴って、大包囲網を敷いて西の砦へ向かって馬を進めている。

彼ら二人は、皇太子を護る双騎士と称されるほど、優秀な軍人だった。

四方での小競り合いを制し、次々に敵を制圧しながら部隊は実に連携の取れた前進でシュムドラ派の傭兵部隊を国境近くの海岸まで追いつめることに成功していた。

そして今、ほとんどの傭兵を失ったセドム首長ら数十名が籠城《ろうじょう》する西の砦を包囲している。

砦の周囲には堀が巡らされ、砦に向かう唯一の吊《つ》り橋は侵入を防ぐために上げられていた。

再三の降伏要請にも応じない敵軍の説得をあきらめ、テュールはついに突入を命じた。

砦の外門を突破した先陣の衛兵が見事な働きで吊り橋をおろすことに成功すると、橋を渡った兵士が砦の入り口にある大きな観音扉を叩《たた》き壊す。

「続け――！」

その直後、統率の取れた大軍の先頭に立つテュールが雄々しく号令をかけ、栗毛《くりげ》の馬を操って砦の内部に突入していった。

彼はまるで軍神のごとき勇壮かつ俊敏な動きで馬を操り、セドムが逃げ延びた砦の最上階に繋がる螺旋《らせん》階段を駆け上っていく。

その背後には近衛兵隊隊長のフェンリスと、第二皇子のジーフリトの騎馬が続く。

粗野な風貌だが、寡黙でどこか危険な匂いのする皇太子の側近であるフェンリスは、王家に次ぐ権力を誇る貴族の長子であり、王家の近衛兵隊隊長。

彼は伝説の人狼族の子孫と噂《うわさ》されているバルティド公爵家の者に時折生まれるという、銀髪で紫の瞳を持つ野生の銀狼に近い外見を持っている。

そのため彼をウルヴヘジンと呼ぶ者もいる。

ウルヴヘジンとは、この国の古い伝記に登場する狼の化身である軍神で、戦での不敗神話を作った野獣のように高貴な黒騎士のことだ。

かたや聖職者のように正義感に溢れ、逞しい体軀《たいく》とはアンバランスな上品な美貌を持つ第二皇子ジーフリト。

その髪は飴《あめ》色に近い長い金髪で、ゆるく結わえられている。瞳は碧《あお》く澄み、内陸国家出身の母の血を引いているため、肌の色は健康的な金褐色をしていた。

そんな彼らの驚異的な速さに追いつけない衛兵や兵士たちが、遅れてそのあとに続いていく。

螺旋階段の途中で待ち構える武装した屈強な傭兵たちを、テュールは馬上から見事な剣捌きで討ち果たしていく。

「命が惜しいなら道を空けろ！　捕虜となるなら命までは獲《と》らない」

馬上のその雄々しい姿の前には、ここまで生き延びてきた傭兵たちもすっかり戦意を喪失してしまったようだ。

いよいよテュールが砦の最上階にある広間に到達したとき、ここまで反逆者を率いてきたセドム首長とついに対峙《たいじ》した。

男はテュールが想像していたよりも、ずっと老いていた。

白髪の混じった赤毛はぼさぼさに乱れ、痩《や》せた身体を覆う特徴のある衣装はあちこち破れて血がにじんでいる。あまりにも哀れな姿だ。

驚くことに、セドムはその場に跪《ひざまず》くと、哀れにも命乞いを始めた。

意外な展開に困惑の表情を浮かべていたテュールだったが、ややあって血のりのついた剣を腰の鞘《さや》に収める。

「そなたに、すでに戦意がないのなら、ここで命までは獲らない。さあ」

テュールが近づいて手を差しのべた刹那《せつな》、セドムは獰猛《どうもう》な息を吐いて身を起こし、隠し持っていた短刀を懐から抜く。

そしてすっかり油断していた皇太子を目がけ、短刀を構えて足を踏みだした。

「っ！」

しまった。殺《や》られる！

テュールが息を飲んだ瞬間、その背後から疾風のように揺るぎない軌道を描いて飛んできた金の矢が、テュールのこめかみの髪を揺らす。

矢は一瞬にして、皇太子の眼前に立つセドムの額の中心を射抜いていた。

「う……」

それは第二皇子、ジーフリトが放った矢。

許しを乞う、哀れな老兵を殺《あや》めることに、寸分のためらいもない俊敏さだった。

だが討たれたセドムの身体は、まだ短刀を構えたまま、ゆらりと前方に傾《かし》ぎ……。

「危ない、テュール！」

背後から素早く駆け寄った近衛兵隊隊長のフェンリスが、間一髪でテュールの腕をうしろに引いてセドムの短剣を避《よ》けたが、それでも皇太子の二の腕には一瞬にして紅い筋が引かれた。

「っ！」

ついにセドムはテュールの眼前に倒れ込んで息絶えたが、刀傷を受けた腕に苛烈《かれつ》な痛みが走る。

「テュール！　おまえ、大丈夫か？」

絶命したセドムの首のうしろ。うなじあたりに、テュールはトカゲの刺青《いれずみ》があるのを見た。

「……あぁ、心配はいらない。少し腕をかすっただけだ」

不安をあらわにするフェンリスに答えると、テュールは扉のそばに呆然《ぼうぜん》自失の様子で立ちつくしている年若い敵の残党に向かって言い放つ。

「反逆者セドムが死んで、この砦はヴァルーラ王国近衛兵隊が制圧した。生き延びた傭兵らに今すぐ降伏するよう伝えろ！」

傭兵が身を翻すのを見送ったテュールは、明確なめまいを覚えてそのまま背後のフェンリスの胸に寄りかかりながら床に崩れ落ちていく。

「おい、テュール！」

フェンリスは皇太子を抱き起こす。

矢を射たジーフリトも急いで駆け寄ってくると、フェンリスの腕に抱えられているテュールを見下ろした。

「兄上様！」

「っ……ジーフリト……」

テュールは実弟を見あげる。

「ジーフリト、心配するな。僕の腕の傷は浅い」

「そうですか……あぁ。よかった」

安堵《あんど》するジーフリトの隣で、だがフェンリスは皇太子を怒鳴りつけた。

「テュール。これまで何度も忠告したはずだ！　おまえのその優しさが命取りになると」

「うるさい…黙れ。僕は死なない。だって、おまえが護ってくれるんだろう？　そう誓ったよな…フェンリス」

テュールの瞳が不自然に揺れ始め、焦点が合ってないように見える。

「テュール大丈夫か？」

「……あ、どうしたんだろう？　おまえの顔が……よく…見えない」

それを聞いたジーフリトは、とたんに顔色を変えた。

「まさか……毒？　そうか、短刀に毒が塗られていたんだ！」

「毒だって？　そんな……」

それが本当なら、一刻の猶予もない。

フェンリスは朦朧《もうろう》とし始めた皇太子を抱いたまま愕然《がくぜん》としていたが、ジーフリトは冷静に提案した。

「大丈夫だ。きっと砦のどこかに解毒剤が隠されているはず。傭兵の残党を尋問しよう」

毒があるなら、解毒剤が必ず近くにあるのは戦地での鉄則。

「だが、セドムの残党が正直に解毒剤のありかを吐くとは思えない……」

杞憂《きゆう》を抱くフェンリスに対し、ジーフリトは殺伐とした瞳を光らせた。

「解毒剤のありかを言わないなら、吐くまで拷問するまでだ。何人、いや…何十人を殺めたとしても絶対に吐かせてみせる。兄上様だけは、このわたしが絶対に死なせはしない！」

普段は冷静で温厚なジーフリトの、こんな凶悪な顔は誰も見たことがないだろうとフェンリスは思った。おそらく、彼のこんな顔を知っているのは自分一人だけだろう。

ジーフリトはテュールに気づかれないよう細心の注意を払っているが、皇太子のそばにいるフェンリスは、ジーフリトのこんな素顔を何度か垣間見ていた。

そして、フェンリスは気づいていた。

第二皇子であるジーフリトが、こんな鬼気迫る恐ろしい形相をするのは、兄であるテュールに関《かか》わるときだけだということに。

「あ……ジーフリト？　今……おまえも……ここに、僕の…そばに…いるのか？」

唯一《ただ》人の弟である第二皇子の声に気づいたのか、テュールがそっと見当違いの方向を向いて手を差しのべる。おそらく、視力が失われているのだろう。

ジーフリトは血の気の失《う》せた白い手を愛おしげに摑んだ。

「あぁ…兄上様、どうかもうなにも話さないでください。傭兵の残党狩りを終えたら、近衛兵隊を連れて我らが王国ヴァルーラへと皆で帰還しましょう」

「なぁ、フェンリス。答えてくれ…………ジーフリトはどこにいる…………無事…か？」

「兄上様……？」

その様子を見ていた二人の騎士は、テュールが聴力さえ失いかけていることに気づいた。

フェンリスは皇太子の耳元に唇を寄せ、はっきりとした声でジーフリトの無事を伝える。

それを聞き、テュールはようやくかすかに笑んだ。

「…………った」

小さくなにかをつぶやいた直後、彼の意識は完全に途切れてしまい、二人はテュールの命のカウントダウンが始まったことを知る。

「フェンリス、わたしはどんな手を使っても解毒剤を手に入れる。だから、それまで兄上様を死なせないでくれ。頼む！」

「あぁ、承知した」

海沿いの断崖に建つ西の砦は老朽化が進んでいて倒壊の危険があった。その上、夜になると沖合いから激しく寒風が吹きつけ、近衛兵隊は砦をあとにして、少しでも風を遮る森林まで馬を進めている。

死に瀕した皇太子と戦を終えた近衛兵たちを休ませるため、彼らは王都へと続くブナ林の中で夜を明かすことにした。

大陸の北端に位置するヴァルーラ王国の冬は初冬といえど寒冷で、深夜の野外での長時間活動では命を落としかねない。

拾い集めた大量の薪《まき》を燃やして暖を取り、その周囲で近衛兵や捕虜となった傭兵たちが固まって眠っている。

そしてテュール皇太子は、見張りの立つ大型の野営テントの中で休んでいるが、短刀に仕込まれていた毒のせいで高い熱に浮かされていた。

さきほど診察した軍の薬師は、所持していた複数の薬草を処方したが、解毒剤が見つからなければ後遺症が残るかもしれないと診断した。

野営テントとはいえ、中は充分な広さと高さがある。

眠っているテュールの傍らには王家直轄の近衛兵隊隊長であり、皇太子の側近かつ警護を任されているフェンリスが座していた。

彼は常から、皇太子のそばを離れることはなかった。

それがテュールの護衛役を国王から仰せつかった彼の重要な任務だからだ。

「ジーフリト……ジー……フリト」

皇太子に対し、いつも誠実で忠義なフェンリスが見守る中、テュールはうわごとのようにジーフリトの名を呼び続けている。

テュールを愛してやまないフェンリスは、その事実にひどく傷つく自分を意識していた。

「テュール……」

彼は衝動的に上体をかがめると、苦しい息を吐きだす紅い唇にそっと口づけた。

報われないと知っていても、フェンリスはテュールを愛している。

弟である第二皇子、ジーフリトに想いを寄せる皇太子のことを、もうずっと愛していた。

でも、それはテュール自身には知られてはいけないこと。

だからせめて、意識のない彼に口づけることぐらいしかフェンリスにはできなかった。

熱い唇の感触に誘われるように、湿った口内にそっと舌を忍び込ませる。

「んっ……」

皇太子の鼻から甘いともとれる息が漏れると、フェンリスは我に返ったように身を起こした。

苦しげに浅い息を吐きだす熱い唇と、汗ばんで上気した頬。

それを見下ろしているフェンリスの身体の一部が、明らかな変化を見せる。

彼はそれを恥じながら、さきほどテュールが意識をなくす前につぶやいた言葉を思い返していた。

『フェンリス……ジーフリト………おまえたちにケガがなくてよかった』

毒に侵された苦しい我が身をよそに、二人の騎士の身を一番に案じてくれたテュール。

「おまえは絶対に死んではいけない」

フェンリスはさっき、降伏を訴えたセドムに対し、自分が一瞬でも油断してしまったことを激しく悔やんでいた。

ジーフリトが矢を射なければ、今ここにテュールは生存していなかっただろう。

「ジーフリト……頼む。急いでくれ！」

夜もたいそう更ける頃になって、ようやくジーフリトが息を切らせて戻ってきた。

彼は荒々しく戸口の布を捲《めく》ってテントの中に入ってくる。

「フェンリス、遅くなってすまない！　兄上様はご無事か？」

「あぁ、なんとか。で、解毒剤は？」

「心配するな。手に入れた！」

肩で息をつきながら、ジーフリトは懐から幼児の拳《こぶし》ほどの小瓶を取りだした。

「見つかったんだな！　あぁ、これでテュールが助かる」

嬉々として小瓶を受け取ったフェンリスは、そのとき、ジーフリトの衣服におびただしい量の血しぶきが散っているのを見た。

目を覆いたくなるほど大量の飛沫《ひまつ》血痕に、彼がいったい何人の傭兵を拷問して解毒剤のありかを吐かせたのだろうという恐ろしい想像が頭をかすめた。

だが、これで皇太子の命が助かる。

「急いで飲ませてさしあげてくれ。それで、今の兄上様のご容態は？」

「あぁ、時折意識は戻るが熱が高い。それに……さっきから時折、痙攣も……」

そのとき、テュールが薄く目を開けてつぶやいた。

「フェンリス……フェンリス。どこ？」

「ここにいる！」

「なぁ……熱い…んだ。とても……喉が、熱い」

主の要求に、フェンリスは水差しの水を口に含むと、そのままためらいもなくテュールに口移しで飲ませた。その様子にジーフリトは唖然《あぜん》とするが、フェンリスは続いて小瓶の栓《せん》を抜き、解毒剤を口に含んだ。

「フェンリス、待てっ！」

解毒剤は、毒を盛られていない者が口にするには、大変なリスクを伴う。

近衛兵隊隊長としての教育を受けてきた賢明なフェンリスが、それを知らないはずはない。

だがフェンリスは、それを平然とやってのけた。

「さぁテュール。いい子だから、飲むんだ」

「う……んん」

口移しで流し込まれる液体を、テュールは素直に飲み込む。

その様子からは、フェンリスの皇太子への並々ならぬ忠誠心と愛情がうかがえた。

ジーフリトはなぜか眉《まゆ》を険しく寄せると、まるで口づけを交わすような二人の重なった唇を、その行為が終わるまで睨むように見ていた。

「フェンリス。少し休んだ方がいい。今からは、わたしが兄上様のそばについている」

「いや大丈夫だ。おまえこそ、解毒剤を手に入れるために大変だったはずだから少し休め。俺は朝までテュールのそばにいる」

「なぁフェンリス。わたしが多少なりとも薬師の知識があることはおまえも知っているはずだ。兄上様の熱もまだ高いのだろう？　だったら、今度はわたしが……」

そう言ってテュールの熱い額に触れようとしたジーフリトの手を、フェンリスはとっさに容赦ない力で払いのけた。

「俺のテュールにさわるな！」

突如、激しい敵意を向けられて驚くジーフリトだったが、フェンリスはすぐ我に返った。

「あぁ、すまない。ジーフリト……でも、テュールを護るのは近衛兵隊隊長の俺の任務な

んだ。だから、その役を奪わないでくれ。皇太子を護ることが、俺の存在意義なんだ」

「……そうか。フェンリス、すまなかったな。では、兄上様の看護はおまえに任せる」

テュールは解毒剤のせいか、深い眠りに落ちたようだ。

「あぁ。それと……ジーフリト、その服、早く着替えた方がいい」

服の色が赤く変わるほどの、おびただしい量の血痕だった。

「本当だな。そうするよ」

濃い血臭を身体にまといつかせたジーフリトは、二人を残して静かにテントを出ていった。


解毒剤を服用して数時間後、テュールは真夜中になってようやく意識を取り戻した。

「………フェン、リス？」

「あぁそうだ！　テュール、俺が見えるのか？」

フェンリスは身を乗りだした。

さきほどまでの朦朧とした感じではなく、彼の視線から焦点が定まっていることがわかる。

「……見える？　いったいなにを言っている？」

不思議そうに首を傾げて少し笑ったテュールの頬には、すでに朱みが戻ってきていた。

どうやら生命の危機という峠は越えたらしい。

フェンリスはようやく安堵し、なるたけ平静に話しかけた。

「もう大丈夫なんだな？」

「あぁでも……僕はどうしたんだ。なぜここに？　……そうだ。砦の制圧はどうなった？」

テュールらしいと思った。

「セドムは？　奴はどうなった？」

矢継ぎ早の質問に、フェンリスは一つずつゆっくりと答えてやる。

国家の反逆勢力、シュムドラ派のセドム首長はジーフリトの矢によって殺害され、残党はすべて捕虜としたこと。

そして、セドムの短刀に仕込まれていた毒に侵されたテュールは死の淵をさまよっていたが、ジーフリトが手に入れた解毒剤によって助かったこと。

「そうか。そうだったのか……ジーフリトに、礼を言わなければ」

「あぁ」

ジーフリトがどれだけの残党を拷問して解毒剤のありかを知り得たのかは、昨夜《ゆうべ》の彼から容易に想像できたが、フェンリスはあえてそんな詳細は話さなかった。

テュールは幼少の頃からこれまでも、ジーフリトを温厚で優しい男だと信じているから。

もちろん、話さないのはそれだけが理由ではないが……。

子細を聞いて安心したのか、テュールは水を欲しがった。

「だったら、口移しで飲ませてやろうか？」

そんな軽口に、テュールは冗談はよせと少し怒った顔で笑う。

ついさきほどまで、それが現実だったことを彼は知らない。

きっとテュールは一生涯、知ることはないとフェンリスにはわかっていた。

「また僕は……おまえとジーフリトに命を救われたんだな」

杯の水で少しだけ喉を潤したあと、神妙な顔をしたテュールからそんな言葉がこぼれる。

「それこそが、皇太子の双騎士と称される俺たち二人の役目だろう？」

どれだけ彼らが自分を大切にしてくれているのかを、テュールはよく知っていた。

「ありがとう」

「礼は言うな。当然のことだ」

うなずいたテュールは、テントの中にジーフリトの姿がないことに気づいた。

「フェンリス、ジーフリトはなぜここにいない？　あいつは今、どこにいるんだ？」

「それなら心配するな。他で休んでいる」

「……そうか。あいつは、おまえみたいに僕のそばにいてくれないんだな」

その寂しげな声にも表情にも、フェンリスは嫉妬を覚えてしまう。

「ジーフリトは疲れているだけだ。きっとおまえを心配しているさ」

慰めるような言い方に対し、テュールは自虐的な目を向けた。

「なぁ知っているかフェンリス？　ジーフリトはな、本当は僕を憎んでいるんだ」

「テュール……？」

国王の死後、王妃タラトスクは、ジーフリトの母であり、国王の側室だったヘルム妃を、側近や侍女、従者もろとも北のラドヴィス山の離宮に追いやってしまった。

それが差別的で残酷な仕打ちだとわかっていても、テュールは王妃に異論を唱えることすらできないでいる。

母がヘルム妃をそれほどに憎む理由を知っていたから。

国王の寵愛がいつしか優しい側室へと移ってしまったことで、いつも母は苦しんでいた。

もちろん理由はそれだけではなく、一部の噂では第二皇子であるジーフリトを次期国王にと推す動きが水面下であるらしく、それに対する牽制の意味もある。

テュールが知っている表面的な平穏とは裏腹に、平和を取り戻しつつあるこの国家にも、不穏分子が散らばっていた。

「僕はいつも母上の言いなりだ。昔も今もなにも言えない。ジーフリトにもヘルム妃にも、なにもしてやれない。だからこんな臆病《おくびょう》な僕を、あいつは心の奥でさげすみ憎んでいる」

テュールは知らない。

腹違いの弟、ジーフリト皇子の激しいまでの忠義の存在を知らず、ずっと誤解している。

フェンリスの脳裏には、さきほどのジーフリトの血まみれになった衣服が鮮やかな赤とともによみがえってしまい、思わず身震いがした。

彼の身体からは、おそらく今も落としきれないであろう血臭が漂っているに違いない。

あれは、それほどおびただしいまでの、敵兵の返り血だった。

ジーフリトは毒を盛られた兄を救うため、傭兵の残党を容赦なく拷問して解毒剤のありかを吐かせたのだろう。

でも、そんな事実をフェンリスはテュールに明かさなかった。

テュールがジーフリトを優しい聖人君子のように美化しているその偶像を、壊したくなかったからだ。

それだけではない。彼がどれだけ皇太子を大事にしているかを知って欲しくなかった。

テュール自身が、ジーフリトに嫌われていると誤解したまま、放っておきたいからだ。

理由は簡単で明快。

テュールが半分血の繋《つな》がった実弟を、本気で愛していると知っていたからだ。

そんな卑怯《ひきょう》な己のことを、他でもないフェンリス自身が一番よくわかっている。

「テュール、今はなにも考えるな。身体を休めるために、とにかく眠った方がいい」

目を閉じ、押し黙ってなにか思案しているようなテュールを視界に収めながら、フェンリスは二人の皇子のこれまでの生い立ちを、知りうる限り思い返していた。

正妃の第一子であったテュールは、幼少の頃から側室の第一子であるジーフリトとは、身分の差を内外に知らしめるように区別して育てられてきた。

それは亡き国王の配慮だったが、将来、世継ぎが誰であるのかを早くから明確に本人たちに知らしめることで、自分が世を去ったあとに骨肉の争いが起きないようにするためだ。

だが、国王の意図とは裏腹に、二人の皇子の性格は真逆だった。

次期国王となるテュール皇太子は剣術にこそ群を抜いて秀でていたが、自由奔放で思ったことを隠さず口にするがゆえに、周囲に反感を抱く者も多い。

一方、ジーフリト皇子は文武両道でありながらも、おごらず穏やかな人柄で、周りからの人望も厚かった。

おそらく、どちらが次期国王に相応《ふさわ》しいかは明白だったが、国王は正妃の強い推しもあってテュールを世継ぎとすることを最初から決め、二人をはっきり区別して養育した。

「僕は、本当に情けないな」

一度その怒りに触れたなら、たとえ実子であろうとどんな制裁を受けるか計り知れないほど気性の激しい王妃タラトスク。

国王なき今、国家運営の実権を握っているのは王妃だ。

「なぁフェンリス、僕はジーフリトのご母堂を、本城に呼び戻したいと思っているんだ。でも、母に逆らうことができない」

「わかっている。でも、だったらせめておまえの本心だけでもジーフリトに伝えればいい」

テュールは恥じるように視線を外して答えた。

「言ってどうする？　僕が、口先だけの弱い人間だってことを彼に証明するのか？」

「テュール……」

フェンリスは鉛のようなため息を返事の代わりに落とすと、話題を呰襲撃のことにすり替えた。

「もうその話はよそう。それより……なぁテュール。頼むから、ここで約束して欲しい」

「……なにを？」

「わかっているはずだ。今回ばかりは俺も本当に肝を冷やした。だから、もう敵に無用な情けはかけないと……無茶もしないと約束してくれ」

「違うよフェンリス、僕のことは心配ない。だって、おまえが僕を護ってくれるんだろう？　おまえはそのためだけに存在しているはずだ。なぁフェンリス？　違うか？」

「ああ、そうだったな。その通りだ。俺はテュールを護るためだけに存在している。でも、おまえの優しさが、いつかおまえを滅ぼしてしまうような気がして心配でならない」

「……そうだな。気をつける。無茶も、なるたけしないように心がけるから」

そう言ったテュールは、まるで子供のように微笑んだ。

でも、その笑みはどこか寂しげで痛々しくも見える。

「テュール、もう少し眠った方がいい。おまえの体調がよくならなければ出立できないからな」

「わかった。なぁ……フェンリス、実は往路で見つけたんだけれど、南西の森林から流れる河川の下流域に紅い実が成っていたが、あれはなんの実だろう？　食べられるかな？」

突然の問いに、フェンリスは思わず苦笑した。

「こんなときに、まったくおまえは……気になるなら、兵士に言って持ってこさせるさ」

「いや、今でなくていい。遠征から帰還してからでいいんだ。できれば…樹木ごとがいい」

「わかってる。おまえの研究農園に植樹するように命じておく。それにしても……さっきまで命の瀬戸際にいたのに熱心な奴だな。さぁ、でも今夜はもう眠るんだ。いいな」

素直にうなずいたテュールは、その寂しげな瞳を薄いまぶたで覆い隠してしまう。

ややあって、寝息が規則正しい音に変わる頃、フェンリスは彼の額にそっと掌《てのひら》を置いた。

顔色もずいぶんよくなって、熱も下がってきたようだ。

それを確認すると、フェンリスもようやくその場に座したまま目を閉じる。

万が一残党に野営が襲撃されても皇太子を護れるよう、右手は脇に置いた長剣の上にあった。やがて泥のような重い眠りが、ゆるやかに彼を支配した。

2

ヴァルーラ王国への逆賊、シュムドラ派のセドム首長率いる傭兵部隊討伐のため、西の国境近くにある砦へと出兵していた近衛兵隊が砦を奪還し、逆賊の鎮圧を果たして帰還した。

だが、テュールにとって一つ気がかりなことがある。セドムの三人いる息子《むすこ》のうち、長兄の姿だけは死体にも捕虜の中にも発見できなかった。

そのため、国内外に不穏分子の種を残すことになってしまった。

今回、討伐の指揮官として事実上、部隊を率いたのは近衛隊隊長のフェンリスだったが、隊の総大将は次期国王となるテュール皇太子だった。

そんな国王の嫡子であるテュールの功績を、その実母で国王代理の立場にあるタラトスク王妃が、たいそう評価した。

近衛兵隊が帰還してから数日後、王妃は体調の回復した皇太子と、彼に同行したすべての近衛兵や兵士を本城の大広間に招いて、盛大に勝利の祝宴を催した。

宴の冒頭で、整列した近衛兵の隊列を前にした王妃は、逆賊の首長、セドムを見事に討ち果たしたのは、テュール皇太子であるとして彼を称えた。

その功績により、テュールには正式に近衛兵隊総指揮官の称号と勲章が与えられることとなり、テュールは王妃より輝かしい紫紺の騎士十字勲章をその胸に授けられた。

整列している部隊の先頭にテュール皇太子。

そのすぐうしろに近衛兵隊隊長のフェンリスと、軍令隊長のジーフリトが並んでいる。

王家を守る近衛兵隊を実質的に指揮しているフェンリスと、軍事力運営に関する作戦指揮を行っているジーフリト。

二人は国家が誇る優秀な近衛兵の部隊を率い、それぞれに重要な任務を果たしていた。

だが、テュールと同じ皇子として生を受けながら、ジーフリトは庶子というだけで、その階級は近衛兵隊隊長のフェンリスと同等の軍令隊長に留《とど》まっている。

フェンリスとて、代々王家の警護を一手に担ってきた権力のある王族軍人家系の嫡男で、その身分は王家の次の位に位置するが、それでも第二皇子のジーフリトがフェンリスと同等扱いとされるのは、誰の目にも不当であるように思えた。

その待遇のすべては、タラトスク王妃の腹一つで決められたことだ。

それゆえ、今回の手柄のすべてがテュール皇太子に与えられることとなった。

だが、実際に砦の最上階にいたセドムを討ったのがジーフリトだということは、その場に居合わせた三人と数人の衛兵しか知らないことだった。

無論テュールは帰国後、母であるタラトスク王妃に砦で起こった事実のすべてを伝えた。

だがそれを知った上で、王妃は逆賊討伐の手柄をテュールのものとした。

それに対しテュールは抗議を申しでたが聞き入れられるはずもなく、怒らせると手のつけられない王妃の判断に従う他はなかった。

もちろんジーフリト自身も異を唱えることもなく、それはフェンリスも同様だった。

事実を知っている衛兵も、王妃の容赦ない性質を恐れているから、口外することは自らの命を落とすことだと知っていて、誰もが賢明に口を閉ざしている。

だから、この場で誰よりも不満を抱いているのは、当のテュール本人だった。

勲章授与式の最中もテュールは憮然《ぶぜん》とした表情で、まるで機械仕掛けの人形のように儀式をこなしているように見えた。

その姿を見守るフェンリスもまた、詠《よ》みあげられる皇太子の今回の功績を淡々と聞いていたが、少しだけ頭を傾げて隣に整列している第二皇子に耳打ちした。

「テュールの奴、嘘でもいいからもう少し嬉しそうにできないものだろうか？」

納得したようにジーフリトが唇の端だけで密《ひそ》かに笑う。

「たしかに。でも、そこがいかにも兄上様らしい」

ジーフリトは愛おしそうに目を細め、晴れやかな衣装を身にまとう美しい兄を見つめる。

テュールが杞憂しているジーフリト自身も、己の手柄を兄に奪われたなどという気は毛頭ないように見えた。

身体にフィットした煌《きら》びやかな王家の正装は、いつもテュールを中性的に見せる。絹の刺繍《ししゅう》の入った薄いレース使いの内着の上に、紫色のベルベッドのベスト。細かいドレープの入った下履きにはやわらかそうな高価な生地が使用されていて、そんな質のいい正装に包まれたテュールはどこから見ても高貴で美しい皇太子だった。

やがて堅苦しい式典が終わり、大広間の舞台では王妃が招いた楽団が楽器を演奏し始める。白い綿布のかかった長卓には、華やかに着飾った侍女や侍従たちによって美味しそうな料理が運ばれ、会場は一気に活気に包まれた。

ようやく儀式から解放されたテュールは正装のシャツの胸元を少しだけゆるめると、すぐさまこんな場所から退散しようと急いだが、あっという間に王族や貴族に囲まれてしまった。

「皇太子殿下、おめでとうございます。このたびはご活躍されましたな」

「ぜひとも、逆賊や蛮族どもを討ったときの武勇伝を聞かせてくださいませんか?」

テュールはこういう華やいだ場も苦手だが、彼らのように気取った太鼓持ち連中もどうにも好きになれなかった。

祝宴に集まった多くの王族や貴族からの祝辞をひととおり聞き終えると、テュールは顔を伏せて広間の隅に置かれた長卓あたりまで逃げてくる。

すると少し離れた位置に、祝宴に招待された王族の息女たちに囲まれているフェンリスとジーフリトの姿が見えた。

ふと、フェンリスと目が合う。いつものことだ。

それは、彼が常にテュールの姿を視界にとらえるように努めているからだ。

皇太子の護衛は、彼の大事な任務だった。

テュールは卓上の大皿から林檎《りんご》を一つ手に取ってかじりながら、こちらに歩いてこようとするフェンリスに対し、来るなと手で指示を送る。

フェンリスはその命令に憮然とした顔を見せたが、基本的には主人に従うようだ。

「これ、なかなか旨《うま》い」

甘いだけでなく、酸味の強い林檎は好みだ。

テュールは、しゃりしゃりと歯ごたえのある果肉を楽しみながら噛《か》み砕く。

「エリユイド山で採れる林檎はどれも味がいいけれど、いったいなにが違うんだろう。水だろうか?」

卓上の皿から果物を手にしては口に運び、よく吟味《ぎんみ》してぶつぶつと独り言をつぶやく。

テュールは以前から、この国で採れる農産物をいろいろと研究している。

最近の研究成果としては、果物の旨味には土壌だけでなく、水が大きく影響していることがわかってきた。

ベリーの質感と色を眺めながら、テュールは視線の先にいる二人の騎士に再び目をやる。

その周囲に集まる女どもの数は増える一方だ。

「二人とも、相変わらず人気者だな」

近衛兵隊隊長のフェンリスと軍令隊長のジーフリトは、王族の息女たちだけでなく、王室で働く侍女たちにも以前からとても人気がある。

ジーフリトは、近寄ってくる大勢の女たちのたわいもない話を疎んじることもなく笑みさえ浮かべて聞いていて、その温厚な性格が見て取れた。

ふと見ると、胸元の大きく開いたドレスで彼を誘惑する女の意図的な欲望が見えて、テュールは嫌悪を覚える。

なぜなら、自分がジーフリトのことを、彼に群れている多くの女たちと同類の欲を持った卑しい目で見ているからだ。

「ふふ……なんだか、自分にゾッとするな」

苦々しい笑いと、そんな言葉が漏れる。

それに対し、フェンリスは女性に囲まれていてもまったく興味のない顔で酒を飲んでいる。

もったいないことをする奴だと思った。

「でも、こうやって少し距離を置いた位置から眺めていると、フェンリスもジーフリトもとても美男子だな」

それは、テュールの素直な感想だ。

女たちはフェンリスのことを雄々しい軍神と呼び、ジーフリトのことは美貌の聖者と賞賛していて、テュールはいつもそんな二人に対し、ねたましさを感じている。

そのわけは、華奢であまり体力のないテュールと違い、二人は神話に登場する巨人アース神のように見事な体格をして、見るからに健康そのものだからだ。

うらやましかった。テュールは自分も彼らのように男らしく生まれたかったと常に思っている。

女に間違えられるような顔と、華奢な身体など欲しくはなかった。

ふと見ると、フェンリスの右肩に、テュールの侍女である美しいリアが手をかけ、なにかを囁《ささや》いている。

一方、ジーフリトに熱心に話しかけているのは元老院議長の息女で、才女と呼ばれている美人だった。

女たちは、勇猛で美麗な二人の騎士とどうにか親密になりたいと画策しているのだろう。

でも、テュールは少し疑問に思っている。

「ジーフリトがもてはやされるのは当然だけれど、フェンリスはどこがいいんだろう？　あいつなんか、見た目や身分がいいくらいだと思うけれど……」

それにしても、さきほどから見ているとリアはずいぶん熱心にフェンリスに話しかけていて、なんだか気になる。

侍女とはいえ、皇太子のそばで世話する者はほとんどが有力貴族の息女で、その身分は高い。リアもそうだった。

潤んだ目をして逞しい胸にしなだれて話す彼女に対し、まるでそれを他人事《ひとごと》のように一切表情を崩さず、淡々と話を聞いている様子のフェンリス。

そんな相手に焦れたのか、リアは突如つま先立ちをして、その場で彼からキスを奪った。

「え！」

ざわっと、彼らの周囲がざわつく。

その目で二人の口づけを目撃してしまい、予想だにしない激しい動揺がテュールを襲った。

「そんな、どうして……？」

まるで嫉妬にも似た感情は、自分だけの特別な玩具を誰かに横取りされた感覚。

なぜ、二人のキスを見ただけでこれほど自分が動揺を覚えるのか……。

実はテュールには、思いあたる記憶があった。

フェンリスは気づいていないと思っているようだが、テュールは本当は知っていた。

これまで時折、フェンリスが眠っている自分の唇にそっとキスをしてきたこと。

ずっと気づいていないフリをしてきた。気づいたと知れば、彼はその理由を話すだろう。

でも、それを聞くのが怖かった。

なぜなら、そこからなにか二人の関係が変わってしまうかもしれないからだ。

それゆえ、ずっと黙っていた。テュールは彼の答えを、もう知っている気がしたから。

ちゃんと理由を聞いてしまえば、身動きできなくなるに違いない。

だからきっと、今もこの先も、自分は知らないフリをするだろう。

うやむやに…あいまいに、真剣になんて考えない。今は、それが望ましいから。


その後、再び王族方に捕まったテュールだったが、うわべばかりの賛辞に辟易《へきえき》した頃、今度こそようやくその場から抜けだし、人気のない中庭に向かった。

もちろん、今もフェンリスの視線が追ってきて、テュールは自分が中庭に出ることを仕草で伝えた。さらに、こちらに来るなと、それもつけ足して。

本当はこんな場所ではなく、一刻も早く一人になれる自室に戻りたかったが、主賓が途中で祝宴を抜けたことが王妃に知られたら、明日にはきっと面倒なことに巻き込まれるだろう。

だから宴が終わるまで、テュールはこの場にいなければならなかった。

本城の広間に面した中庭には、よく手入れされた種々の花が石畳の路の両脇を美しく縁取っている。

そこは人も少なく、大広間に比べれば格段に静かだった。

奥まで歩いていき、ようやく一人になってホッと息をつく。

それでもテュールは、もう少しすればフェンリスが自分を探しに来ることを知っていた。

彼の忠誠心は、それはもう半端ではない。

本来は影のように自分のそばに寄り添っているが、今日は多くの近衛兵たちも集まる祝賀の席だからか、少しは気をゆるめているらしい。

「あぁ、今宵《こよい》は月が綺麗《きれい》だ」

テュールは蔓薔薇《ばら》のアーチのそばでぼんやりと夜空を見あげながら、しばらく一人で気ままな風に吹かれていた。

疲れているのでなにも考えずにただ無心になりたかったが、思いだされるのはさっき見た、フェンリスと侍女リアの姿で……。

妙に心がざわついて、イライラしてしまうことの意味を測りかねている。

テュールはもう何年も、腹違いの弟、ジーフリトに好意を寄せていた。

それは、好意というやわらかな意味合いをとうに超えている。

いつから彼を好きだったのか……なぜ好きになったのか。

それはもう、理屈ではない。自分でもはっきりしなかった。

幼少の頃、自分は剣術を学ぶため、代々王家の守護を仰せつかっていた近衛兵の家系である、フェンリスの実家、バルティド公爵家にあずけられていた。

それは国王の命で、第二皇子であるジーフリトも一緒だった。

そこでは基本的な剣術の習得だけでなく、数学や歴史などといった教育も彼らに施された。

だが、いつもテュールだけがいい意味でも悪い意味でも特別扱いをされた。

一人だけ特別メニューで、帝王学を一流の学者から徹底的に叩き込まれる毎日。

フェンリスはまだしも、同じ兄弟であるジーフリト抜きに、なぜ自分だけがそういう教育をされるのか、子供の頃はわからなかった。

正室の子であるとか側室の子であるとか、そんな複雑な事情など、子供には理解できない。

だから兄弟なのになぜ、ジーフリトは自分を「兄上様」と敬称をつけて呼ぶのかもわからないまま、テュールは成長した。

それでも、やがて複雑な大人の思惑が見えてくると、特別扱いされる理由がわかってきた。

いずれこのヴァルーラ王国の国王になるのは自分だからだ。

そんな事情を知ったとき、あまりの重責と、それ以上に身からあふれだす卑屈な思考に、なにもかもを捨てて逃げだしたくなったのが本心だった。

卑屈になった理由は簡単で、それはジーフリトが誰よりも優秀な人物だったからだ。

彼は幼少の頃から、なにをしてもそつなくこなせる特別な才能を持っていた。

剣術に乗馬、そして数学に歴史すらもだ。そういう優劣は、子供でもちゃんとわかる。

ジーフリトは多方面でテュールより秀でていて、唯一テュールが勝てるのは、身のこなしの軽いことを生かした剣術だけだった。

どちらが次期国王の器であるのか……その答えを誰もが知っているのに口にしない。

だから最初は、ジーフリトに対する嫉妬心だけがふくらんで……。

そんな醜い気持ちを胸のうちでただ持て余す日々は辛かったが、やがてテュールの考えは変わっていった。

同じように皇子として生を受け、それなのに自分より格段に下等な扱いを受けるジーフリトは、それだけでも充分不憫《ふびん》だ。

もし仮に自分が彼の立場だったら、きっと相手を憎むだろう。

でもジーフリトはただの一度として、そういう差別的扱いに不満を唱えたことはなかった。

いつも温厚で優しく、気品があって誰に対しても礼節を重んじる。

生まれながらにして帝王の品格が備わっている。

ずっとジーフリトをそばで見てきて、やがて彼をねたましく思う気持ちが消えていった。

代わりに彼に対し、素直に憧憬《しょうけい》を抱けるようになった。

それを簡単に口にすることはテュールにはできなかったけれど、いつもジーフリトのことを意識し、目で追っていた。

誰かを好きになるのに、理由などいらないのかもしれない。

ただ、ジーフリトを嫌いになれるところが見つからなかったから。

好きが成長し、やがて想いに変化した。

自分が同性で、しかも異母弟相手に本気の恋をしているとテュール自身が気づいたのは、わずか数年前のこと。

もちろん生涯、それを口外することはないだろう。

誰にも知られてはいけない想いを、そっと胸に閉じ込めたまま生きていくつもりだ。

自分はそう心に誓うほどジーフリトを愛していたはずだ。

なのに……どうしてさきほど、フェンリスとリアのキスを見たくらいで、これほど心がざわつくのだろう。

それはあまりに明確な嫉妬心で、疑いようもなかった。

そんなはずはないと、何度も心に問いかける。

自分が好きなのは…ずっと愛してきたのは、一人だけなのに。そのはずなのに。

「ジーフリト……」

思わず愛しげに彼の名を呼んでしまい、虚《むな》しくなったテュールは少し寂しげに笑った。

「兄上……様？」

彼のことを考えていたせいか、どこからか空耳まで聞こえてくる。

ため息をついたら、今度は背後に人の気配を感じ、テュールは弾かれたように振り返った。

「あぁ、驚かせてすみません。兄上様」

そこには、本物の彼の姿があった。

「……ジーフリト？」

「こんなところでお一人でいるなんて、どうなさったのです？」

「あぁいや。広間で食べすぎてしまって……少し歩いていた」

「めずらしいですね。いつも小食の兄上様が。で、なにをそんなに召しあがったのです？」

「変わった果物がいくつもあったんだ。我が国が原産ではない種類もあった」

「なにか、特に美味しいものがあったんですね」

「それより気づいたんだ！　同じ種の果物でも産地によってずいぶん味が違うってこと」

テュールがとても熱心に話していて、それがジーフリトには興味深いようだ。

「たとえば？」

「林檎。隣国のものは酸味が強くて味が濃い。多分、水が違うんだろうな。地下水脈の綺麗な水で作った果物は味がいい」

いつになく熱弁を振るう兄がめずらしく、ジーフリトは優しい目を向ける。

「兄上様？」

「あぁ、悪かった。こんなこと、退屈な話だったな。いつもの独り言だと思ってくれ」

テュールは困ったように別の方に注意を向け、さきほどから甘い匂いを放っている白い薔薇に触れてみる。

その色は雪の白ではなく、太陽が昇る直前の、空が白み始める時の透明に近い輝ける白で、近づくと香りが強いことに気づく。

まるで香を焚《た》いたときのような匂いで、甘さに酔ってしまいそうだ。

「その薔薇は、とてもいい香りですね」

ジーフリトは目を細め、包み込むような甘い視線で兄を見つめる。

「これは、アレクサンドリア地方から父上が取り寄せた新種の薔薇だ。この国ではまだ希少なんだ」

「国王様は軍備を拡張することより、農耕に力を入れておいでしたから」

ヴァルーラの歴代国王は領土と領民を護るため、軍備の拡大に心血をそそいできたが、先王はこの国を農耕国家にしようと計画していた。

実際まだ言葉にこそしないが、テュール自身も父の遺志を継ぎ、穀倉地帯を拡大して穀物の交易を増やし、そこから国家の財源を生みだしたいと考えている。

「それにしても、この白い薔薇は兄上様によく似合います」

きっとジーフリトは、悪い意味で言ったのではないはずだ。

紅ではなく、白い薔薇。品があって清楚《せいそ》な印象のあるテュールに、それは似ていると。

「そうだな。僕は地味だし、紅い薔薇ほど人を惹《ひ》きつける魅力はない。それに、薔薇というのはどの品種にも痛い刺《とげ》があるんだ」

嫌味な言い方をしている自覚はあった。

「あぁ、そのような意味ではありません。ただ、白薔薇があまりに可憐《かれん》で上品で、どこか兄上様に似ていると思ったんです。お気を悪くなさったなら謝ります」

テュールは思う。どうしてこんな言い方しかできないのだろう。

いつもそう。ジーフリトに対し、こんな言い方しかできない自分が情けなくなる。

ようするに彼を愛しているという本心を隠すため、あえて彼に冷たく接してしまうようだ。

案の定、傷ついた目で見つめられると、弱い自分は本心を吐露してしまいそうになる。

だからその前に、急いで彼を追い払わなければ。

「ジーフリト、おまえはこんなところに来ちゃいけない。それとも、もう城内の美女たちの相手をするのに疲れたのか？」

「いえ、そのようなことは……」

ジーフリトは悲しげにまつげを伏せる。

いつも自分を一番に慕ってくれる三歳年下の弟に、こんな哀《かな》しい顔をさせる己が本当に恥ずかしい。

「それより、僕になにか用だったか？」

ジーフリトの金髪が、差し込む月明かりを水面のように弾いて煌めくのが美しいと思った。

見惚《みと》れてしまう。

「はい。兄上様、改めて勲章の授章。おめでとうございます。兄上様の方こそ、多くの王族方のお相手は大変でしたでしょう？」

あぁ、そうだった。

自分にとってはなんの価値もない勲章の話が出て、テュールは思いだす。

彼に謝罪しなければならないこと。

「ジーフリト……今日は、すまなかった」

「……え？　なにがです？」

彼は、次の言葉を慎重に待ちながら兄をうかがい見る。

「西の砦に籠城したセドムを実際に弓で討ったのは、おまえなのに」

兄のその謝罪は、ジーフリトにとって心底意外だったようだ。

「なにをおっしゃいます兄上様！　あれは、あなたが討ったのです。お節介なわたしの矢が、少しだけ兄上様の先を行っただけのこと」

それは嘘だ。

あのとき、許しを乞うセドムの姿を前に完全に油断をしていた自分は、ジーフリトの俊敏な機転がなければ、すでに今、この世の者ではなかっただろう。

でも、ジーフリトは本心でそう答えているのがわかっていた。

「兄上様の腕なら、セドムの動きを見てから剣を抜いても必ず間に合ったでしょう」

彼はこういう男だ。長い間一緒に育ったテュールには全部わかっている。

ジーフリトは兄である自分をいつも尊重し、己は背後に控えている。

決して出しゃばらず、二番手でいることに誇りを持ち、満足しているようだ。

「ジーフリト……」

今回の戦場において、彼は命の恩人と言っても過言ではないだろう。

その上、毒に侵されたテュールを救うため、解毒剤を探して手に入れてくれたことをフェンリスから聞かされた。

それなのに、実母である王妃に反論できなくて、なにもできない自分が情けない。

せめて本心を伝えて謝りたいのに、今度は余計なプライドが邪魔をして上手く言葉にできない。こんなとき、フェンリスによく言われる言葉を思いだす。

――あなたはとても不器用な人だ……と。

いつもそれを否定しているが、本当は彼の言う通りだとわかっている。

幼少から人の上に立つよう厳格に育てられた自分は、なかなか素直になれなかった。

テュールが彼に与える一番賢明な言葉を探していると、めずらしくジーフリトが困ったように呼びかけた。

「それよりも……兄上様」

「え？　あぁ。どうした？」

「今宵はめでたい兄上様の祝儀なのですが、わたしはこれで失礼させていただきたいと思います……それを伝えるためにここに参りました」

そう言った彼の瞳がわずかに曇るのを、テュールは見逃さなかった。

「今夜は僕のための祝儀などではない。近衛兵たちの慰労のための宴《うたげ》なんだから気にすることはないんだ。でも、なにか急ぎの用向きでもあるのか?」

たしかに自分も早くこの宴席から逃れたいが、目の前の弟の様子がどうしても気になる。

「……はい。実は、母上の体調がこのところ思わしくなくて」

テュールは少なからず驚いた。

「え?」

そんなこと、少しも知らなかったからだ。

それに、記憶の中の優しいヘルム妃は、とても健康的で丈夫な人だったはずだが……。

テュールは彼自身が知っている、父の側室のことを思いだす。

ジーフリトの母であるヘルム妃はアインヘイム大陸の南部国家の貴族の出身で、その両親は農村地帯をまとめる大領主だった。

彼女は気取らない性質で、普段は領民とともに畑を耕し麦や果実を育てることを喜びとするような、そんな素朴な人柄だ。

ヴァルーラ王国の国王が南部産穀物の輸入を検討するために領地を訪れたとき、領内の農地を案内したのがヘルムで、国王は若く美しいヘルムを見初めて彼女を側室とした。

第二夫人となったヘルムだが、正室のタラトスク王妃とは本当に対照的な人物だった。

絶世の美女と謳われてはいても人形のように冷徹で、ときに激しい気性を示す王妃にはないものをヘルムは持っていた。

彼女はいつも温かさと癒《いや》しのオーラをまとっていて、身分など関係なく誰にも誠意を持って接し、側室となってからも召使いを含めて周囲の多くから愛され慕われていた。

テュールは子供の頃から、明るいヘルム妃の笑顔が好きだった。

彼女は輝く金髪と金褐色の肌をしていて、国民は彼女のことを雪解けに咲く春を象徴する黄色い花、ポスクリリアのようだと称して愛した。

そんなヘルム妃が第二夫人となってからは国王の寵愛を一身に受けることとなり、それからタラトスク王妃の陰湿な嫌がらせにさらされるようになったのだが……。

「ジーフリト。ご母堂は、お身体が悪いのか？」

「……ええ。でも、兄上様のご心配には及びません。できれば、今日はそろそろ退席させていただく許可をお願いしたいのです」

よけいな詮索《せんさく》は不要のようだ。でも……。

「あぁ、わかった。でも、僕に遠慮なんかすることはないんだ。もちろん帰っていい」

ご母堂をお大事に…という、たった一言のねぎらいが添えられない自分が歯がゆい。

「ありがとうございます。兄上様」

最上級の敬意を尽くした一礼を残すと、ジーフリトはその場をあとにした。

相変わらず、憎らしいほど謙虚で礼儀正しく好感の持てる完璧《かんぺき》な人物で、彼の母のことを思うといたたまれない気持ちになる。

ジーフリトが身内の心配を自分に話すことなど滅多にないからだ。

「ヘルム妃の病は、どんな状態なのだろうか……」

気になった。

肉親が離れたラドヴィス山の離宮に隔離されているだけでもジーフリトは心が痛いだろうに、その上、病をわずらっておられるなんて。

テュールは、先刻から少し距離を置いた場所で、背後からずっとこちらを監視していた守護役に向けて言った。

「フェンリス。いつも言っているけれど、常に僕を監視していなくてもいい」

「別に監視じゃない。護衛だ」

テュールが一人でいるとき、どこにいても彼の視線を感じた。見なくてもわかる彼のそれ。

「監視でも護衛でも、どっちにしても僕には同じだ。時々息が詰まる」

常にテュールの存在を認識して影のように寄り添っているフェンリス。

どんなときも庇護されているのは、正直、息苦しくて面倒で鬱陶《うっとう》しく、そして…、

「でも、テュールを護るのが俺の役目だから仕方ない」

どこか心が温かかった。

広間に戻ると、テュールはヘルム妃のことを自ら調査し始めた。

ヘルム妃が病気であることが、これまで自分の耳に少しも入ってこなかったのは、おそらくタラトスク王妃がなにかしら工作をしてのことだろう。

テュールにしてはめずらしく、何人もの召使いや王族貴族に自ら話しかけたが、ジーフリトの母についての詳細を聞きだすことはできなかった。

それでも熱心に食いさがると、ようやく一人の貴族から密かに真相を聞くことができた。

わかったのは、ヘルム妃は肺の病をわずらっていて、容態はかなり悪いということ。

今は意識すらはっきりしない状態で、助かる見込みは少ないらしい。

国王亡きあと、側室である彼女はタラトスク王妃の命により、粗末な離宮に隔離されているが、そこは本城から一時間も馬を駆けさせた山手の僻地にあって、雪の多い極寒の地だ。

慣れない寒さのせいかヘルム妃は風邪《かぜ》をこじらせて肺の病にかかり、容態が悪くなっても薬師に診《み》てもらうこともままならない環境にあるという。

あまりにひどい話だった。だから、テュールは決心した。

今夜にも、闇《やみ》に紛れて本城から薬師を連れてラドヴィス山の離宮に向かおうと。

それが母であるタラトスク王妃に逆らう行為だとわかっていても、今はもう怖くなかった。

仮に王妃にこのことが知られ、どんな罰を与えられてもかまわない。

覚悟はできている。これが道理だと、正しい選択だと信じているから。

これまで、自分はジーフリトに何度となく助けられた。そんな彼の肉親が病で命を落とすかもしれないというときに、なにもできなければ、自分を許せない。

テュールは今、これまで精神を呪縛《じゅばく》していた厚い殻を破り、ようやく前へ進めると思った。

夜も更けてから、テュールは自室の隣に位置するフェンリスの部屋に出向き、その扉をそっと叩いた。

皇太子が不意の刺客に襲われてもすぐに対処できるようにとの配慮から、彼の守護役フェンリスの居室は、幼少の頃からテュールの部屋と常に隣接している。

「フェンリス。頼みがある」

皇太子の声が扉越しに聞こえると、彼はすぐに扉を開けて彼を中に通した。

「こんな遅くにどうした？」

「今から、僕をヘルム妃のいるラドヴィス山の離宮に連れていって欲しい。本城お抱えの薬師も一緒に」

薬師というのは、この国では病やケガの治療をする職務の人物で、病のことだけでなく多くの薬草にも精通している。

「離宮に？　どうして？」

テュールはため息をつく。

「さっきの、僕とジーフリトの会話を盗み聞いていたんだろう？　説明しなくてもわかっているはずだ」

「……人聞きが悪いな。聞こえていたんだ」

「それと、どうしてジーフリトのご母堂が病気だと僕に教えてくれなかった？　おまえ、知っていたんだろう？」

「別に、聞かれなかったから」

「おまえらしい言い訳だな。どうせ、僕の耳には入れるなという母上の差し金だろう？」

自身の守護役であるフェンリスにまで口止めするとは、周到すぎる。

「タラトスク王妃からなにか言われたかには答えられない。俺はおまえの守護役を生前の国王から賜った。王妃が国王の代理をしている今、俺が従うのは王妃だ」

「ずいぶん回りくどい言い方だな。で、結局のところ、おまえは今どっちの味方なんだ？」

安易な答えは許さないという決意を込めた目で問えば、フェンリスはしばらく熟慮したのちに結論づけた。

「……テュールだ。俺はおまえに生涯の忠誠を誓った」

それは満足のいく答えだった。テュールは右の口角だけをわずかにあげて微笑む。

「わかってるじゃないか。だったら、僕と薬師をラドヴィス山の離宮まで無事に連れていく方法を急いで考えろ」

「……ではこうしよう。薬師は俺が間違いなく離宮に連れていく。だが、おまえまで危険を冒してあんな山奥まで行く必要はない。二人で動けば目立つし、見つかれば厄介だ」

「フェンリス、おまえだって優しいヘルム妃のことをよく知っているだろう。僕はあの方が大好きだし、心から心配なんだ。だからどうしてもお目にかかって元気づけたい」

テュールが一度決めたら、もう引きさがることは絶対にないとフェンリスは知っている。

「………わかったよ。だったら、準備をするから少し待っていろ」

肩をすくめると、彼は皇太子に自室で待つように指示をしてからどこかに出ていった。


やはり頼りになるフェンリスは、命じられたとおりわずかな時間で馬車の準備をし、本城で最も有能な薬師の一人、ゾイを説得した。

馬車は今日の祝宴の席で楽器を演奏していた楽団の所有物で、今夜は城に宿泊している彼らからそれを買いあげた。

そのあと、フェンリスは薬師に奏者用の華やかな衣装を着せ、裏門の従者用出入り口で馬車に乗せて待たせている。

皇太子の部屋へやってきたフェンリスが、城を抜けだす段取りを手短に説明すると、テュールは相手をまじまじと見つめて妙な顔をする。

「おまえ、その変な格好はなんだ？」

「今日の宴席で楽器を鳴らしていた奏者たちがいただろう？　これはその楽師から買い取った衣装だ。ほら、城を出る前におまえも着ろ」

フェンリスが袋から華やかな女物の衣装を差しだした。

「それで、こっちの派手な衣装はなんだ？　仮装パーティーか？」

それがどういう目的で着る衣装なのかは想像がつくが、問わずにはいられない。

「それは舞台で舞っていた踊り子の衣装だ」

平然と答えが返って、余計にいらだちが募る。

「そんなの見たらわかる！　どうして僕に女物の服を渡すのかって訊《き》いているんだ」

「奏者の服は男物でサイズが合わなかった。だからおまえには踊り子の衣装を着てもらう」

「だから、どうして？」

「考えてもみろ。皇太子であるおまえが普段通りの衣装でのこのこ城を出て、もし従者にでも見つかったらどう言い訳をする？　すぐに王妃の耳にも入るだろう。でもおまえが踊り子の格好をしていたら、酔った衛兵はおまえの正体に気づかない」

たしかにそうかもしれない。

でも、妙な衣装を着ることは最低限、我慢するとしても……。女の格好をするなんて。

「おまえなら似合う」

明らかに面白がっているフェンリスの短い答えに、テュールは疑わしげな目を向ける。

「これは、単におまえの趣味じゃないのか?」

楽しそうな相手の胸をドンと突いて文句を言いながらも、テュールはそのヒラヒラとした華やかな衣装を広げてみる。

軽そうな薄い布で作られたそれは、色遣いも形状もとても艶《あで》やかで女性らしい。

一向に気は進まないが、着るしかないようだ。

「さぁテュール、急いで着替えないと時間がないぞ」

目の前のなぜか陽気な男がニヤニヤしていて、どうにもむかっ腹が立つ。

「おまえ、あとで覚えておけよ!」

罵《ののし》ってやらないと気がすまない。

それでもテュールは仕方なく、とにかく着ているものを勢いよく脱ぐ。

服の下から現れたのは、色白で細身の身体だった。

テュールは華奢な自分の身体が嫌いだ。

いくら剣術や武術を習って鍛えてみても、多少の筋肉はついても一向に逞しいと呼べるほどにはなれない身体。どうやらそれは、体質らしい。

子供の頃は色白の人形のようで可愛いとか、王妃に似て美人になるだとか言われて嬉《うれ》しかったが、今は悔しくてたまらない。

同じように剣術や武術などの教育を受けて育ったフェンリスやジーフリトは、今では宮廷中の女が見惚れるくらい逞しく筋肉質な体型をしていて、とても腹立たしかった。

まるで胸のない女のような身体で、テュールが慣れない踊り子の衣装と格闘していると、遠慮のない視線を感じる。

背中を向けていてもわかる。主に対し、本当に失礼千万。

「フェンリス！　おまえ、じろじろ見るな。無礼だぞ！」

きつく咎《とが》めると、急いで視線が逸《そ》らされた。

こんな身体を、なぜ見たいのかわからない。

「どうして男の着替えなんか、じっと見るんだよ」

「……すまない」

嘘でもいいから「そんなもの見てるもんか」と茶化して否定してくれたらいいのに、素直に謝られると返す言葉もなくなって本気で気まずい。

「おまえ、もう身体ごと向こうを向いてろ！」

女の衣装は慣れなくて着るのに困ったが、ようやく着替えがすんだ。

気配を察し、フェンリスが振り向く。

「終わったか？」

「なぁ、これ……どうなんだ？　ちゃんと踊り子に見えているのか？」

テュールが眉間《みけん》に深い溝を刻んで問うが、フェンリスは彼らしくもなくぼんやりしている。

「おい、聞いてるのか？」

「あ？　あぁ、聞いている…聞いているさ。大丈夫。タラトスク王妃よりも、今夜の飾り立てた女たちよりも、格段におまえの方が美人だ」

なにを力説しているのか、噛み合わない会話に怒ったテュールは、相手の胸をまたドンと突く。

「美人とかそういうの、言うなって」

「……悪い」

「謝るなって！　……もういいよ」

「さぁ、急ごうテュール。今から隠し通路を使って外門の先まで行く」

「隠し通路？　あぁ、なるほど。それはいい考えだな」

フェンリスは楽師の着ていた刺繍の施された外套《がいとう》を羽織ると、テュールにも女性用の外套を手渡した。

皇太子の部屋の隅にある床石の一枚を外すと、そこから地下に延びる階段があった。

それは王家の隠し通路だ。

万が一、本城にまで敵兵が侵入したときの脱出用に王族が使用する秘密の地下通路は、国王と王妃、そして皇太子の寝室に入り口がある。

そこを行けば、一気に外門近くの馬小屋の脇に出ることができた。

普段なら、たとえ深夜をまわっても城の警備にぬかりはない。

だが今夜はテュールの祝儀もあり、城内の使用人にまでワインがふるまわれたせいで、楽師の服装をした彼らが城を抜けだすのは思いの外容易だった。


その夜、楽団の馬車はテュールとフェンリス、そして薬師を乗せ、雪の降りしきる北のラドヴィス山の離宮を目指した。

小一時間ほどして、馬車はヘルム妃のいる山のふもとにある離宮の敷地に入った。

深夜の訪問者に警戒する門番に対し、隠密に皇太子が訪問したことをフェンリスが告げると、ややあってから血相を変えたジーフリトが姿を見せた。

「兄上様、どうなさったのです？　このような夜更けにこんな遠くまで」

雪にまみれた外套を脱いだテュールの女物の衣装をちらりと見て、ジーフリトは一瞬だけ妙な顔をしたが、聡明《そうめい》な彼はすぐにそれが城を抜けでるためのカムフラージュだと気づく。

「ジーフリト、ご母堂のご様子はどうだ？」

「はい………三日前から高い熱が続いていて、今はうわごとばかり言っています。もう、わたしたちではどうすることもできなくて」

そう言って表情を曇らせた弟の様子から、ヘルム妃の容態が相当悪いことがわかった。

「ジーフリト、今夜は本城の薬師、ゾイを連れてきた。すぐにご母堂を診てもらってくれ」

傍らに立つゾイは、ジーフリトに一礼する。

「あぁ兄上様……なんと言ったらいいのか。本当に感謝します。ありがとうございます！」

あきらめかけていたところに一筋の希望の光を見いだしたジーフリトが、感動した様子で瞳に涙をにじませる。

「礼なんかいいから、急いだ方がいい」

「はい。ありがとうございます」

そう言うと、ジーフリトは三人をヘルム妃のもとへと案内した。

久しぶりに見る彼女はすっかり痩せて頬も唇も青白く、まるで別人のようだった。

テュールは胸のあたりが罪悪感のせいか、痛くなる。

改めて、母であるタラトスク王妃に対する怒りが湧《わ》いた。

こんな状態になるまで薬師に診せることもできなかったなんて、側室とはいえ先王の第二夫人が受ける扱いではない。

ヘルム妃の容態は考えていた以上に悪いようで、ゾイの所見でジーフリトには危険な状態であることが告げられた。

「肺の状態が悪く呼吸が細くなっていますが、とにかく最善を尽くします」

数人の侍従を残し、テュールたちは部屋から出された。

その後、ゾイによる懸命な処置が施されている間、ジーフリトはヘルム妃の部屋の前で祈るしかなかった。

「ジーフリト、心配するな。ゾイの薬師としての腕は王国随一だから安心して任せていればいい。きっとご母堂は助かる」

いつも冷静沈着な彼が、今は想像もできないほどうろたえていて、廊下を歩いてみたり椅《い》子《す》に座ったりと落ち着かない。

テュールはジーフリトを座らせると、手を強く握った。それは、震えていた。

「大丈夫。大丈夫。大丈夫だから」

「兄上様……」

同じ言葉を何度も繰り返しているとやがて震えは治まり、テュールは彼を励まし続けた。

それから数時間、ゾイの適切な処置が奏功し、ヘルム妃はなんとか持ち直した。

テュールは有能な薬師ゾイに対し、明日まで離宮に留まるようにと命じた。


フェンリスが帰りの馬車の準備のために戸外に向かったあと、来賓室で二人になってから、ジーフリトは心からの謝礼を口にした。

「兄上様。今夜は母上を助けていただき、これ以上の感謝はございません」

「いい、気にするな。全部ゾイのお陰だ。では、僕はこれで失礼する」

テュールの足元で、踊り子の衣装がひらひらと揺れている。

「しかし、さきほどから雪がひどくなって参りました。外はすっかり吹雪《ふぶ》いて視界も悪い。今夜はここにお泊まりになって、明日お帰りください」

「あぁ、もちろんそうしたい。でも、おまえも想像できるだろう？　僕たちは本城を密かに抜けだしてきた。だから母上に気づかれる前に城に戻らなければ、ヘルム妃やおまえにも害が及ぶかもしれない」

「そうですか……」

テュールは、気になっていたことを思いきって尋ねてみる。

「……ジーフリト、訊いていいか？」

「はい。なんでしょう？」

「おまえはなぜ、ご母堂の病のことを、もっと早く僕に話してくれなかったんだ？」

「それは……兄上様に迷惑をかけたくなかったから」

彼はとても言い辛そうに答えた。

「なぁ。おまえは僕に遠慮をしてるのか？　だったらそんなものは今後一切いらない！　いいか、覚えておけよ。僕たちは血の繋がった兄弟だ。僕は弟のおまえのためなら、なんだってしてやる。だから信じてくれていい」

「……はい。はい…感謝します」

ジーフリトは眦《まなじり》に涙をためてテュールの手を取った。

「でも……兄上様、もしも城を抜けてここに来たことが王妃様に知れたら?」

いくら皇太子でも、ヘルム妃を助けることに荷担したことが判明すれば、それに逆上した王妃にどんな罰を与えられるかわからないだろう。

「大丈夫。僕たちは上手くやるさ。それより、今ジーフリトは僕たちのことを心配している場合じゃないだろう」

ジーフリトは心から慈しむような感慨深い瞳で兄を見つめる。

「兄上様。兄上様はこれほどまで、わたしと母上のことを考えてくださっているのに……わたしは……あぁ、申し訳ありません」

彼は急に謝罪を口にする。

「いきなり、どうしたんだ?」

「わたしは、こんなにお優しい兄上様のことを……」

「……だから、なに?」

ジーフリトは目を伏せ、テュールの肩に手を添えてその身体を引き寄せると、真正面から兄を見下ろす。

「正直に話します。わたしは……兄上様を敬愛する気持ちと同じくらい、あなたを憎んでいました。いいえ、憎みたかった」

その告白に、テュールは少なからず驚いた。

たしかに以前から、自分はジーフリトに憎まれているかもしれないと思っていたが、彼はそんなそぶりなど少しも見せなかったからだ。

「わたしには……あなたがねたましくてうらやましくて……ずっと兄上様を憎みたかった。そうできればどれだけ楽だったか。でも、結局はできなかった」

肩にかかった手に力が籠《こも》る。

「覚えていますか？　わたしたちがまだ子供だった頃のこと。周りはどうでも、兄上様だけは違いました」

「なんのことだ？」

「国王様や王妃様、それに近しい侍女や侍従たちが、どれほど母上とわたしを差別的に扱っても、兄上様だけは違っていたのです。物言いや言動は淡々として乱暴に見せていても、兄上様はいつだってわたしと母上を対等に扱って尊重してくれた」

彼が自分を憎んでいるかもしれないということを、以前フェンリスに話して聞かせたように、テュールは前から予想していた。

二人の皇子への周囲の差別的な扱いに不満を持ち、ジーフリトが本当は自分を憎んでいるのではないかと。

「なぁジーフリト、おまえは近衛兵準備隊で誰よりも優秀だったじゃないか。身分ではなく実力で差別されるなら、むしろ僕の方だ。今まで僕は、おまえに何一つ勝てなかったじゃないか。あぁ、唯一、剣術を除いてはな」

それを聞いて、ジーフリトは端正な美しい顔を綻《ほころ》ばせた。

気品あふれる麗しい笑みを間近で見あげるテュールの心臓が、とくんと小さく弾む。

「兄上様、母上を助けていただき、本当にありがとうございました」

話を変えるようにして、彼が重ねて礼を言う。

「別におまえのためじゃない。王妃や王族たちはどう思っているか知らないが、僕は国王になんかなりたくないんだ。そんな器じゃないことは、僕自身も、周りだって知っている」

「まさか？　そんなことは断じてありません！　お優しい兄上様こそ国王に相応しい」

ジーフリトは心から兄の見解を否定した。

「いや、僕は賢者ではないが馬鹿じゃない。だからヴァルーラ王国にとってなにが最善なのか、わかっているつもりだ。次期国王にはジーフリトこそ相応しい。だから、万が一おまえがご母堂を亡くしてどうにかなってしまったら僕が困るんだ。ほら、僕がおまえを助ける打算的な理由を聞いてがっかりしただろう？　僕は自分の保身のためにやってるだけだ。じゃあ、僕はこれで失礼する」

テュールは片目をつぶってそう言ってから一歩下がった。ジーフリトの手が肩から外れる。

「………兄上様」

ジーフリトの視線が、なぜか今夜は肌にまといつくような気がするのは、今、自分が妙な格好をしているからかもしれない。

「あぁ、言い忘れていたが、僕に女装の趣味はないぞ。この服は城を抜けだすためのカムフラージュとして、今夜の宴席の踊り子からフェンリスが調達したんだ」

「そう……ですか。でも、とてもよくお似合いです」

ジーフリトに誉《ほ》められると、いつもなぜか頬が熱くなってしまう。

「馬鹿言うな。さぁ、僕たちは夜明けまでに急いで戻らないと」

素っ気なく言ってじゃあと手をあげ、相手からさらに距離をとったとき、テュールの細い足首あたりで薄い布がフワリとやわらかく舞いあがった。

なんでもない動作だが、ジーフリトにはまるで誘うような甘い匂いを孕《はら》んで見えた。

刹那、テュールは両腕を摑まれてしまい、相手にぐっと引き寄せられる。

「兄上様」

互いに、まるで本心を探るように至近距離で見つめ合った。

ジーフリトの指が、ためらいがちに動いてテュールの薄桃色の唇に触れる。

「ちょっ、よせ」

ぴり…っと、肌の表面に電流が走った気がした。

「あぁ、すみません。ただ、今日のお姿がいつもと違っていて……いえ、兄上様はいつもお美しいのですが、今夜は特別に……まるでエルフィのように麗しい。だから、わたしは惑わされそうになる」

エルフィというのは、この国の伝説の中に登場する可憐な森の妖精のことだ。

「……やわらかい」

唇をゆるやかになぞる指先が、いつの間にか熱を帯びている。

「ジーフリト！」

今、ジーフリトの脳裏には、先日テュールが毒に侵されて生死の境をさまよっていたときの、ある光景が鮮明に思いだされていた。

それは、フェンリスが口移しでテュールに解毒剤を飲ませていた映像だ。

あの夜のテュールの苦しげな息遣い。熱でうつろになった目元と、しっとり汗ばんだ肌。

白い胸元を汗が伝うのを見て、不謹慎にも腰のあたりがぞわりと痺《しび》れた。

フェンリスのためらいのない行動は、それが初めてではないようにジーフリトに思わせた。

二人は、いつも口づけを交わすような秘めた仲なのではないのか？

あれから何度もあの夜の艶《なまめ》かしい兄の姿に悩まされ続け、ジーフリトがついに帰着した結論は、フェンリスが触れていたあの唇に自分も触れてみたいと自分が思っている事実。

己の欲望の存在がどこにあって、いったいどこに向かっているのかを自覚することだった。

なんておこがましい。次期国王である第一皇子に対し、なんという冒瀆……。

でも、たとえ畏《おそ》れ多い行為だとわかっていても、どうしても兄に触れたい気持ちが抑えられなかった。

そして日に日に欲は募っていき……。

身分違いのフェンリスが許されている行為ならば、自分にだって許されていいはずだと、そんな手前勝手なことを考えるにいたってしまった。

思いだす。苦しい息を吐きだす濡れた紅い唇。

ジーフリトは夜ごと脳裏をよぎる記憶にさいなまれ、想像はやがて進化していき……。ついには、テュールに寝所へと誘われる夢さえ見てしまった。

虚しい。

あんな甘く切ない夢を見る夜など、これまで経験したことはなかった。

そしてジーフリトは思い知る。

自分が兄に対し、隠しようもないくらい激しく欲情している事実を。

己の中に棲《す》む危険な獣が、深い藪の中で息を潜め、猟の瞬間を待って爪《つめ》を研いでいるような狂った錯覚。

それを冷静に注視している自分を、ジーフリトは畏れた。

「兄上様。わたしの愛しい兄上様……」

そう呼ぶ声も視線も、今はどこか艶を帯びている。

「あなたが今宵、危険を冒してここに駆けつけてくれたこと、改めて感謝しています。兄上様には昔から行動力があって、それはときに無鉄砲で命知らずで、周囲は心配でたまらなくなる。でも、それが兄上様の強さであって優しさだということを、みんなよく知っている。だからこそ、誰もがあなたに……」

ジーフリトの瞳が妖《あや》しく濡れているのを見つけてしまい、テュールはひどくうろたえた。もしかして彼は今、自分に欲情しているのかもしれないと考えてしまい、その全身が歓喜に震えた。

ずっと愛おしく思ってきた相手が、初めて自分と同じ位置に立って戸惑っているのかもしれないと思うと、どうしてもそれを確かめてみたくなる。

「なぁジーフリト、もし僕が魔法を操るエルフィだと言うなら、試しに惑わせてやろうか？ ふふ、でも今の僕はエルフィじゃなく、美しい男を誘惑する氷の魔女かもしれない」

テュールは挑むような仕草でジーフリトの首に両手を巻きつけると、相手の身体に沿わせるようにひたと身を寄せ、背を伸ばして目の前の唇に軽く口づけた。

「っ……！」

「知っているか？ 氷の魔女はこうやって、口づけで人の生気を…魂を吸い取るんだ。だから、おまえの命はもう僕のものになった」

わざとふざけた様子でそう言って呆気なく身体を離したとき、ジーフリトの全身を取り巻く気配が変わった。

テュールはたった今、自らが望んで地雷を踏んでしまったことを知る。

いけないと思ったときには、もう遅かった。

ジーフリトは突如、加減のない力でテュールの両肩を摑むと、その背中を壁に強く押しつけた。

ドン…と鈍い音がする。

「あっ」

肩胛骨《けんこうこつ》と後頭部に痛みと衝撃が走り、驚いて目を見開く。

「ジーフリト」

こんな切羽詰まった表情をした彼を、今まで見たことはなかった。

端正なジーフリトの顔がさらに近づいてきて、視界のすべてが彼で覆われる。

「兄上様。逃げ……ないの、ですか?」

これが相手からの最後通知だとわかった。うなずいてしまえば、必ずなにかが変わる。

その問いに答えようと唇を開いたが、なにも言葉にならなくて、テュールは自分を落ち着かせるために乾いた唇を舐めて湿らせた。

濡れた紅い舌が唇の隙間《すきま》からにゅるりと少しだけ姿を見せ、自らの唇を舐める様子はとても官能的に見えて。

「あぁ……兄上様」

ジーフリトの心酔したような視線がテュールの口元に釘《くぎ》づけになっていたが、次の瞬間、荒々しく兄の細い身体を胸に抱きしめた。

「あっ！」

肺が容赦ない力で圧迫されて呼吸ができなくなる。

喉笛を差しだすように反らせながら、酸素を求めて細く喘いだ。

息が苦しくてたまらないのに、背中に絡みついている腕がずっと望んでいたものだと知っているから、テュールはそれをはねのけられない。

骨が軋《きし》むほど強く拘束する腕に動きを封じられ、倒錯的で淫《みだ》らな気分に陥っていく。

「教えてくださぃ兄上様。わたしから、逃げないのですか？」

酸素が脳に行き渡らないせいで、こんな色めいた気分になっているのかもしれない。

「ジーフリト、もし……もしも逃げなければ…僕は……このあとどうなる？」

「……愛おしい兄上様。もしもあなたの唇を奪うことが許されるなら、わたしの魂などいくらでもエリュイド山の魔物にくれてやりましょう」

「馬鹿だな、ジーフリト……おまえの魂がもし魔物に獲られたのなら、どんなことをしても僕が取り戻してやるさ」

「あぁ、兄上様！」

激しく脈打つ心臓の鼓動はすでに聞かれているだろう。

でも、自分はずっと望んでいたジーフリトの腕の中にいる。

その事実が、彼と同じ陶酔の中にテュールをも引きずり込んでいく。

真摯《しんし》な目をしたジーフリトが唇を寄せてきて……。

強引なのに、その腕は震えていた。

愛しいと思った。

「っ……ん」

唇が触れた瞬間、自分たちの未来が誤った方向に転がり落ちていく様が見えた。

ほんの一瞬だけ身を固くしたテュールだったが、相手がジーフリトだと改めて気づくと、自ら彼の首に両手をまわした。

ジーフリトの唇は弾力があって、戸惑うテュールを同じ場所に導くために熱心に動く。

「兄上様……わたしは今、きっとどうかしているんです」

言い訳をする声さえ愛しいと思った。

テュールの小さな口を覆いつくすように、官能的に唇を何度も喰《は》まれる。

唇や口腔《こうこう》は内臓の一部で、身体の奥と繋がっているから紅い色をしているのだと聞いたことがあるが、だからだろうか？

ただ、やわやわと唇で触れられているだけなのに、肌が粟立《あわだ》つほどに感じてしまう。

「はぁ……は」

キスがこれほど感じるなんて思いもしなかった。

まるで初めて口づけを交わしたときのように、急に怖くなる。

怖くて怖くて、まるでキスも知らない生娘のように唇を固く結んでしまうと、ジーフリトに懇願された。

「兄上様、口を開けて……お願いです。わたしをその中に…あなたの中に入れてください」

はしたなくも、まるで別のことを要求されているように聞こえてしまい、テュールの下肢はしっとりと潤み始める。

欲しがるのなら、あげてしまいたい。

「んぁっ」

キスだけでこんなに感じてしまい、思わず甘えた声がこぼれたその隙を、ジーフリトは逃さなかった。

「だめっ！　っ……ぅぅ…ん」

強い意志を持った舌が口腔内に忍び込んでくると、テュールは驚いて舌を奥に引き込む。

「なぜです？　お願いだから。兄上様……ここに、中に触れさせて」

舌を挿入したままくぐもった声でしゃべられると、頬の内側のやわらかい媚肉《びにく》を舌先が何度もかすめる。

わざとそうしているのかと思うほど口内からはいやらしい粘着音がして、すっかり感じ入ったテュールの膝からカクンと力が抜けた。

「ぁぁっ」

それに気づいたジーフリトが支える力を強めたせいで、背中が反って顎があがる。

自然と唇が大きく開いてしまい、そうなってしまうと、テュールはもうジーフリトの為すがままだった。

「……だめ……。だ…め…」

なんとか首を左右に振って逃れようとすると、髪の襟足をゆるく摑まれる。

強い力ではないが、首を振る振幅がある範囲を超えると痛みが走って逃げきれない。

「お願い、ジーフリト……やめっ……んぅ…ん」

拒絶の言葉を発しようと動かした舌が、ついにジーフリトのそれに摑まった。

逃すまいと強く吸われると、背筋がぶるりと震える。

舌で絡みつかれて軽く歯を立てられ、漏れる甘ったるい鼻声を抑えられない。

「ん、んぅ……ぁ」

キスだけでこんなに高揚してしまうなんて知らなかった。

内臓と腰の奥がズキズキと痺れて、たまらない。

いつの間にか下着が濡れているのに気づいたが、恥ずかしくて彼に知られたくなかった。

「兄上様……もう少し、口を大きく開けて。わたしを入れて」

「いや…いやだよっ」

はっきりと拒否したとたん強く唇が押しつけられ、強制的に大きく口を割られてしまう。

身体からは力が抜けていて、こうなってしまえばもう相手の意のままだった。

キスが深くなったせいで、今度はもっと奥まで遠慮なしに舌が潜り込んでくる。

「ぁん……や！　ん、んぅ……はぁ…ぁん」

舌の裏側の肉は特にやわらかく、その一番深い奥は最も感じやすい性感帯だということを
ジーフリトは知っているのだろうか？

そこを狙《ねら》って、何度も生き物のような動きで舌が動きまわり、

「ぁ！　あぁ！　…は！　……んぅん」

テュールは堪《こら》えきれないように、びくびくと腰を揺らした。

まるで焦らされ続けた性器に、ようやく触れてもらった瞬間のように恥ずかしいほど感じてしまい、怖くなって思わず腰を引く。

「逃げても無駄ですよ。だから、兄上様……わたしに応《こた》えてくださいませ」

自分の口内は完全に相手に侵略され、彼の言葉通り、どこにも逃れる場所などなかった。

「ぁん……はぁっ………んっ。いや！　ぁ。もう、やっ」

ずっと口を閉じられなくて、喘ぎが漏れるのと一緒に唾液《だえき》まであふれだして止まらなくな

る。みっともないぐらい、彼の望むように全身で反応している自分がいたたまれない。

「いや？　なぜ？　なぜです？」

唇だけでなく、もう全身が熟れた果実のように、今にもとろけてしたたり落ちてしまいそうでたまらない。

「あぁ…ジー…フリト」

息が乱れ、酸素を求めるように顔を傾けて息を吸おうとしたら、口の中にあふれ返っていた唾液が口角から蜂蜜《はちみつ》の濃度でとろりと垂れる。

「あぁ、なんて可愛くて、いやらしい……わたしの兄上様」

ジーフリトは美味しそうにこぼれた蜜を舐めつくすと、今度は別の場所に口づけを移動させていく。

キスに夢中になっているうちに、いつの間にかジーフリトの掌が欲を持ってテュールの肌をまさぐり始めていた。

「あっ。そんな……だめ！　さわったら、だめ…」

不埒《ふらち》な動きに気づくのが遅かったようで、今さら相手を咎めてみても説得力などない。

衣服の布越しに、大きな掌が丸い双丘のやわらかさを味わうように揉《も》みしだくと、テュールはあっと声をあげてのけ反った。

「兄上様。可愛い……わたしにさわられて、感じているのですね？」

さらされた白いそこに誘われるように、すかさずジーフリトの唇が喉仏のふくらみをなぞる。

「違っ！　あ、ぃやぁっ…！」

首のつけ根にあるくぼみを抉るように舐められ、さらに鎖骨を強めに吸われた瞬間、チリッと肌が灼《や》けるような気がする。

そうなって初めて、テュールは甘い愛撫に手放しかけていた理性を手繰り寄せる。

本当に今さら、両手で相手の胸を叩いて本気の抵抗を始めた。

「ちょっ……だめだ。ジーフリト。馬鹿！　やめろ！」

弟を覚醒させるため、わざと乱暴な言葉を使う。

「もうよせっ！　おまえ、勘違いするな」

ようやく陶酔していたジーフリトの動きがやんだ。

「………勘、違い？」

「そうだ。なぁ、おまえはとても賢くて美しい。だから、こんなキスをされたら男の僕でも妙な気分になる。今、僕が女の衣装を着けているからって間違えるな」

わざとそう言って、相手が自分を女性と勘違いしていることにしようと考えた。

ジーフリトとの甘い抱擁とキスに一時でも溺《おぼ》れた自分に、逃げ道を作りたかったからだ。

卑怯な言い訳だとわかっている。

案の定、ジーフリトは目が覚めたようにいつもの礼儀正しい第二皇子の顔に戻った。

そして懸命に否定する。

「それは違います！　兄上様は兄上様で……だからこそ、わたしは、わたしはっ……」

その言葉の続きを聞いてはいけない気がしたが、先をどうしても知りたい。

彼の答えがもしそうなのだとしたら、望みが叶ったあとの自分はどうすればいいのだろう。

「わたしは……なに？　言えよ！　その続きは？　なんだよ！」

発作的にこんな行為に及んでしまってすっかり困惑している弟をいきなり突き放すと、テュールは逃げるように部屋を飛びだして離宮をあとにした。

深夜をとうに過ぎる頃、テュールは明日までという約束でゾイをヘルム妃の元に残し、フエンリスとともに急いでラドヴィス山の離宮から本城を目指した。

城には薬師が複数いて交代で病人を診ていた。しかも上手い具合に翌日はゾイは休みになっていたため、そこから王妃に発覚する可能性は低かった。

往路では驚くほどの量ではなかったが、雪はずっと断続的に降り続いていたようで、復路は積もった雪と激しい風が二人の行く手を阻むかのようだった。

わずかに漏れてくる月明かりと、馬の鼻と脚を頼りにして、針葉樹の森を進んでいく。

馬車の通ったあとに残る深い轍《わだち》が、積雪の量を物語っていた。

馬が脚を取られないよう手綱を巧みに操っているフェンリスは、隣に座って神妙な顔で黙しているテュールを時折、盗み見る。

ラドヴィス山の離宮に来る前と今とで、テュールの様子がわずかに違っていることをフェンリスの本能が、敏感に感じ取っていた。

それは今夜、テュールがジーフリトに会う前とあと、という意味でだ。

隣でぼんやりしているテュールは、ヘルム妃を危機的状況から救ったという安堵だけではない、なにか別の感情に支配されているように見える。

よくない想像がふくらんでいくのを抑えきれず、フェンリスは静かに声をかけた。

「テュール」

予想どおり、物思いにふける皇太子はぴくりとも反応しない。

なにか考えごとをしているときや、困った事態に直面したときのテュールは、たいていこういう態度になる。それは幼少から兄弟同然に育ってきた関係だからこそ、血の繋がりのないフェンリスでも手に取るようにわかることだった。

「テュール」

反応がなくて何度も根気よく声をかけ続けていると、ようやく気のない返事が返る。

「……う、ん」

「おまえ、離宮でなにかあったのか？」

「……なにか、って？」

質問の仕方が悪いことは、フェンリスにもわかっている。

「ジーフリトのことだ」

だから、あえてはっきり核心に触れた。

「あいつと、なにかあったんだろう？」

案の定、飛ぶように流れる景色をぼんやり眺めていた細い肩が、ぴくっと揺れる。

「別に、なにもない」

「じゃあ、こう訊こうか？　ラドヴィス山の離宮で、あいつになにかされたのか？」

ようやくテュールが、暗闇の中に亡霊でも見たような顔で振り返った。

図星らしい。なんてわかりやすい表情。でも、こんなときのテュールが、なにを聞かれても一切答えないこともフェンリスはよく知っている。

そうこうしているうちに、また吹雪《ふぶき》が激しさを増してきた。

ここに来るときにはたしかに存在していた馬車の荷台の屋根や壁は、想像を上まわる暴風によってすでにはがれたり壊れたりして、二人の背後からも雪や風が容赦なく吹きつける。

その冷たさと寒さは相当なものだった。

「なぁテュール。おまえ、あそこでジーフリトになにをされた？」

重ねて訊いてみたが、やはり返事はない。

いくら暴風の渦中にいても、すぐ隣で話す者の声が聞こえないほどではなかった。

答えたくないのなら無理に話さなくてもいいと、平然と言えるほど自分が大人でないことにフェンリスは気づかされる。

それだけ、テュールのことになると自制が利かないと思い知った。

狼の遠吠《とおぼ》えのような音を鳴らして竜巻に似た風が起こり、ついに馬車の屋根が呆気なく吹き飛ばされて闇間に消えていく。

フェンリスは驚いた馬を落ち着かせようとして、手綱を懸命に操った。

遮るものを完全になくしたため、四方から直接吹きつける冷たい風と雪が、二人の肌から一気に体温を奪っていく。

「テュール！　大丈夫か？」

脚を鈍らせる馬に鞭《むち》を入れて先を急がせるが、重い積雪に脚が埋まって速度が落ちる。

「……寒い。寒いよ。フェンリス」

耳の奥で暴力的に鼓膜を震わす強風に混じって、細い声が聞こえた。

白い指が、心細い彼の心を象徴するようにフェンリスの袖《そで》をきゅっと掴んでくる。

その強さに、子供みたいだと思った。

弱音を吐くテュールなんてめずらしく、こういうとき、フェンリスはたまらなく彼が愛おしくなる。

「どうした？」

「……足も、指の先も冷たいんだ。それに、闇が……怖い」

「テュール。大丈夫だ。俺が無事におまえを本城に連れて帰ってやる。だから安心しろ」

寒さに凍える青白い手を握って、フェンリスはまるで深窓の姫君に傅《かしず》く騎士のように、恭しく口づける。

「もう半時で城に着く。いい子だから眠るなよ」

自分を子供扱いした言葉遣いに、テュールの目つきが少しだけ険しくなった。

フェンリスは器用に自分の外套を脱いで彼の外套の上に二重にかけてやり、皇太子の肩を左手で抱き寄せた。


予想以上の豪雪と昨夜の祝宴のせいで、城の警備が手薄になっていたお陰で、二人は兵士に気づかれることなく本城の外門近くまでたどり着く。

馬小屋で待っていた楽団の楽師に礼を言い、高価な馬車と衣装がたくさん買えるほどの金貨を手渡すと、彼らは喜んでさらに大きな綾織りの布を二枚くれた。

凍えて意識の薄れたテュールをそれに包んで抱きかかえ、フェンリスは例の隠し通路を通って無事に皇太子の寝室まで戻った。

ここを出るときに何本もくべていた薪はほとんどが燃えつきてしまい、今は小さな火がわずかに燃えているだけになって室内はとても寒い。

フェンリスは冷えきったテュールの身体を綾織布でていねいにふいてから、暖炉《だんろ》の前の絨毯に横たえる。そして火の中に木屑ばかりを投げ込んで、しばらくして火が成長してから薪を次々と投げ入れた。

ややあって、部屋の壁や天井が赤く染まるほど大きくなった炎が、白いテュールの頬を温める。

この程度の吹雪や暴風など、頑丈なフェンリスにとってはたいしたことはないが、子供の頃から基礎体力も持久力もないテュールにはずいぶん堪《こた》えたようだ。

身体は芯《しん》まで冷えきっていた。

「フェンリス、寒い」

「わかってる。今、温めてやる」

そう言うと、フェンリスはテュールの肩や二の腕を薄い衣装の上からさすり始める。

「やめろよ。くすぐったいって。それより、脱がせてくれ」

「動くな。こうやってればすぐに温かくなる」

雪と同じくらいに冷えきったテュールの肌を熱心にさすっているうちに、摩擦効果で血色がよくなってくる。

しばらくすると薄手の衣装は簡単に乾き、テュールの唇が青から薄い桃色に戻り始めた。

白い肌が淡く色づいてくる様子は仄《ほの》かに色気を伴っていて、速い呼吸で上下する胸元から目が離せなくなった。

踊り子の服をまとったままのテュールは、その線の細さと中性的な顔立ちから今夜は本当に女性に見えてしまい、フェンリスは花びらのような紅い唇から視線を外せなくなる。

「……フェンリス、なに?」

明け透けな欲の混じった視線を感じ、テュールは居心地《いごこち》が悪そうに唇を尖らせる。

「っ! なにって、なにが?」

「……別に」

相手の目を見られずに、テュールは恥ずかしそうに目を伏せた。

「ほら、そろそろ温まっただろう?」

「うん」

こくりとうなずく顔が幼く見える。

「あぁ……そうだ。侍女のリアを呼んで、温かいハーブティーでも用意させるか?」

フェンリスはテュールの唇から引きはがすように視線を逸《そ》らせると、そう聞いた。

「リアに? いや…………いいよ。今は、なにも欲しくない」

「そうか」

疲れているのだろう。閉じられたまぶたの縁を彩る長いまつげが、とても美しい。

「なぁ、フェンリス」

「ん？」

「おまえ、リアのこと……」

テュールはなにか言いかけたが、なかなか次の言葉を言えなかった。

「リアが、どうかしたのか？」

しばらく迷ったが、テュールはそれ以上なにか話すのをやめた。

「……いや。やっぱりいいんだ」

「なんだ？　気になるだろう？　リアがどうかしたのか？」

「だから、別にいいって」

その口調には明らかに怒りが含まれていた。

テュールの脳裏に今も残っている光景。祝宴のとき、リアがフェンリスにしたキス。

戯れのような軽いキスだったが、テュールはどうしても気になって仕方がない。

小さな棘のように、それが胸のどこかでちくちくと鈍痛を与えていた。

「なぁ、どうしたんだテュール。なにか怒っているのか？」

こんなときのフェンリスはとても鋭くて、テュールは時々いやになることがある。

「……別に怒ってなんかいない」

「怒ってるだろ？」

「怒ってない！」

頑《かたく》ななテュールに、フェンリスはため息と一緒にこぼした。

「……素直じゃないし。困ったもんだ」

そんな軽口が今夜は鼓膜に優しく響いてしまい、テュールは改めて呼びかける。

「……なぁフェンリス」

「ん？」

めずらしく邪気のない視線を向けられて、フェンリスは少しだけ身構えた。

テュールは目を合わせないようにして、小声でつぶやく。

「……ありがとうな」

「え？　なんだ？」

「今夜は、急に無茶なことを頼んで悪かった。それから、いつも僕のわがままに協力してくれてありがとう。あと、僕を護ってくれてありがとう」

言いたいことだけを早口で言い終えると、テュールは満足したのかまた静かに瞳を伏せる。

「なぁテュール、俺はおまえを護るために存在しているんだ。だから俺に、そんな言葉や気遣いは無用だ。おまえは次期国王になるんだから、部下の一人一人にまで神経を配っていたら疲れるぞ」

「馬鹿なことを言うな。おまえは部下なんかじゃないだろう」

「あぁ、そうだけれど。ただ、おまえはもっと堂々としていればいい」

「うん。わかってる」

本当にテュールにしてはめずらしく、とても素直にうなずいた。

「でもテュール……俺は、そんなおまえだから……」

フェンリスの言葉が届いているのかいないのか、テュールは眠気に襲われて目を閉じる。

やがて、その唇から規則正しい呼吸が聞こえ始めた。よほど疲れたのだろう。

暖炉では薪が威勢よく燃えていて、パチパチと爆《は》ぜる音が心地よかった。

「テュール」

フェンリスが意識を確かめるようにそっと呼びかけたが、もう返事は返らない。

「眠ったのか？」

聡明な白い頰には血色が戻って、さきほどまで青白かった唇も色を取り戻している。

本人はそう言われるのを嫌っているが、こんな衣装を着たテュールは本当に女性のようだ。

フェンリスはなにかに囚《とら》われたように、皇太子の貌《かお》に見入っている。

「なぁテュール、おまえは優しすぎるんだ。そのくせ不器用で……俺は、この先もずっとおまえが心配でたまらない」

絨毯の上で横たわって眠るテュールにゆっくりと覆いかぶさると、フェンリスは恭しく口づけた。やわらかい唇の感触は、いつも背徳の匂いがする。

神聖な次期国王であるテュール皇太子に対し、こんな行為をしているなんて、誰にも知られてはいけない秘密だった。

そのはずだったのだが。

「……フェンリス」

「っ！」

眠っていると思っていたテュールがそうでないことを知って、フェンリスは弾かれたように上体を起こして離れた。

「テュール、おまえっ……」

動揺するフェンリスに対し、テュールは落ち着いた声で問う。

「なぁフェンリス。どうしておまえは眠っているとき、いつも僕にキスをする？」

「……！」

これまでの幾度もの愚行に気づかれていたことを、フェンリスは初めて知った。

「……おまえ…僕を好きなのか？」

ストレートに問われ、フェンリスの喉が上下に動く。

「なぁ、フェンリス……どうなんだよ？」

問いつめる皇太子に対し、答えに窮したフェンリスは逆に質問で切り返した。

「俺のことより、おまえはどうなんだ？　あいつと……ジーフリトと、やっぱり離宮でなにかあったんだろう？」

テュールは絨毯の上に身を起こす。暖炉の薪がまた爆ぜて、パチッと大きく火の粉が舞う。

「なんだよ。それはさっきも訊いただろう！　どうして蒸し返すんだよ？」

「テュールがちゃんと答えないからだ」

「別に……なにもないに決まってる」

フェンリスはふんと鼻を鳴らす。

「俺に嘘をついても無駄だ。おまえにはわからないだろうが、テュールの肌や唇から今このときも、ジーフリトの匂いがしている」

銀狼族の子孫だと伝え聞くフェンリスの一族は、皆が一様に人間離れした嗅覚《きゅうかく》を備えているという。

「っ……嘘だ！」

あくまでも噂だが。

「ジーフリトに、なにかされたか？」

それは問いかけるというよりも、最初から断定だった。

どうやら、嗅覚の鋭い彼に嘘は通用しないらしい。

「別に。ただ……さっきのジーフリトは、ご母堂のことでかなり情緒不安定になっていた。だから、僕に……」

「僕に？」

言い逃れを許さない追究の視線が、テュールを追いつめる。

「キ……キスを、したんだよ！　でも、それは僕がこんな…女の格好をしていたからで、ジーフリトに特別な意味はなかった」

フェンリスは目をすがめてテュールを見る。

それは狼が敵を威嚇《いかく》するときの目つきで、あまりの視線の険しさにゾッと身震いがする。

「キスだって？　テュール、おまえはそれを許したのか？　その唇を、あいつに簡単に許したのか？」

彼から、静かなる激昂《げきこう》を感じた。

「許したとか、そんなんじゃない！」

最初にジーフリトの唇に触れたのは、テュールからだった。

少しふざけたつもりだったが、そのあとジーフリトが……。

あのときの彼は、まるで別人のようだった。

「じゃあ質問を変えてやる。おまえ自身はどうだった？　あいつを素直に受け入れたのか？

それとも、ただ雰囲気に流されただけ？」

「それは……」

追究されているのに、先刻のキスを思いだすだけでじわりと頬や腰が熱くなってしまう。

テュールは座ったまま、隠すように顔を伏せた。

「そうか。おまえにはあいつを拒絶するという選択肢は、端《はな》からなかったようだな」

あのとき、自分の本意がどこにあったのか、テュール自身はすでに気づいている。

深くなっていくジーフリトのキスに応じてしまったのは、彼がずっと長い間、敬愛してきた相手だったから。

ずっと叶うはずのない恋をしてきた。その相手からのキスを、どうして拒めただろう。

「あぁ……参ったな。きっと、ジーフリトは気づいてしまっただろう……」

恋とは、知らない間に心の細い隙間から奥へ奥へとじわじわ忍び込んでくるものだ。

「ジーフリトが気づくって……なに？　フェンリス、なにを言っている？」

「別に、ただの独り言だから気にするな。それよりも…俺は知っているんだ」

こんな表情をしたフェンリスはめずらしく、テュールは嫌な予感を覚えた。

「なに……を、知っている？」

胸騒ぎがして、心臓の鼓動が跳ねあがる。

「テュールが、もうずっと昔からジーフリトを好きだってこと」

重なっていた薪が燃え落ちて崩れ、大きくなった炎が寝所を一気に赤く照らした。

知られてはいけない究極の秘密。

なぜ？　それは、誰にも知られてはいないはずだ。

「は？　なにを馬鹿げたことを言ってる？　冗談じゃない」

動揺のせいか、語尾が少し震えた。

「テュールを見ていれば簡単にわかる。俺はいつも、おまえだけを見てきたから」

もう言い逃れはできないようだ。彼には敵わない。

自分のなにもかもを知られているフェンリスが相手では、分が悪すぎる。

仕方なく観念したテュールは、潔く覚悟を決めた。まるで開き直りのようだが。

「そうだよ。僕はジーフリトが好きだ！　認めるよ。でも、ジーフリトは男になんか興味はない。今夜だって僕がこんな女の服を着ていたから少し妙な気分になっただけだ」

「……ふん。それはどうだかな？」

フェンリスは吐き捨てるように言った。

「なぁ、僕も正直に答えたんだから、おまえだって言えよ。フェンリスは……僕が好きなんだろう？　だから意識のないときにだけ、こっそり僕にキスをするんだろう？」

「……！」

「あぁそうか。まぁいい。答えなくてもかまわないさ。僕はわかっているから」

「テュール……」

今度はフェンリスが追いつめられる番だった。

「だったら、いいよ」

相手がたくさん持っている飴玉の一つを、欲しいと言ったときの返事と同じ気軽さだった。

「なにが？」

「だから、いいって言ってるんだ……わからないのか？　僕を、おまえの好きにさせてやるって意味だよ。抱いていいんだ」

テュールは這《は》うように膝でいざってフェンリスに近づくと、逞しい胸に両手を添え、誘うような上目遣いで顔を見あげる。

はっきりとした動揺が、布越しの相手の肌から伝わった。

「っ！　……おまえはどうして今そんなことを言う？　ジーフリトのキスで興奮したか？」

問いただすフェンリスの声は、なぜか激昂している。

「違う」

「違わないさ！　おまえはジーフリトで満たされることのない欲を、俺で満たそうとしているんだ！　そうだろう？」

先刻、テュールとジーフリトの間に、キス以上の行為があったのかもしれないとフェンリスは懸念していた。

「ああ、そうだよ。フェンリスの言う通りだ！　認めるよ。ほら、僕は潔いだろう？　お互いに利害が一致しているんだから問題ない。それとも、いざとなると男なんか抱く気にならない？　おまえが本気で僕を好きなら抱けよ。抱いてみろ！　させてやるって言ってるんだ！　身体だけでいいなら、いくらでもやる」

そうまくし立てたとたん、フェンリスは薄い肩を摑んで怒りに任せて激しく揺さぶる。

「俺を怒らせたいのか？　おまえは、そう言えば俺が怒って逆になにもできないとでも思っているんだろう？　なぁ、おまえは俺になにをさせたいんだ？　俺に、ジーフリトの代わりになれと言うのか？」

お互い、相手の本心が見えない。

「あぁそうだ。僕が好きならジーフリトの代わりに抱けよ。ひどくしてもいいから！」

「テュール！　おまえ、それ以上言ったら本当に後悔するぞ」

フェンリスの鼓動は激しく脈打ち、興奮した血潮が体内で騒ぎ始める。

「後悔ってなんだ！　おまえは眠っている僕にしかキスできない臆病者なのか？　それとも、本当は僕が嫌いなのか……どっちだよ！」

相手の怒りを助長するような言い方。

でもそれは、今のフェンリスの欲をあおる言葉でしかない。

「さぁフェンリス、言えよ！　僕は正直に話しただろう。だからおまえだって言え！　僕のことが好きだって言えよ！　認めろっ」

怒って怒鳴って、ひどく興奮しているせいなのか、テュールの瞳が潤んでくる。

今にも涙がこぼれそうに見えて……。

いつも凜《りん》とした皇太子のこんな姿が哀れだと思ったフェンリスは、生涯口にすることはないと誓っていた言葉をついに吐露した。

「わかった…言うよ。おまえは正しい。俺がどうして眠っているおまえにキスをするか……それは、ずっとおまえを愛してきたからだ」

はっきりと告白を言葉にされたとき、訊いた当人が一番驚いたようだった。

自らが追究して認めさせたくせに、いざ肯定が返るとテュールはしばらく呆然としていた。

「どうして？　どうしてだよ？」

「なにが？」

「だって、フェンリスは……あんなに人気があるじゃないか。王族の息女でも侍女でも好きに選べるのに……なのに、どうして僕なんだ！」

「女？　女になんて何人から好かれても関係ない。俺には昔からおまえ一人だけだった」

真摯な告白に戸惑うテュールと反対に、フェンリスはすっかり開き直った貌を見せた。

「なぁ、さっきテュールが言ったことは嘘じゃないだろうな。俺は、おまえを手に入れられるなら、身体だけだって欲しい」

フェンリスが興奮を隠すように低く吐きだす要求に、不思議なくらい感情が高揚する。

戸惑う以上に、別の感情がテュールの脳内を錯綜していた。

誰かに好意を寄せられて、嫌な者などいない。

「馬鹿だな、おまえは……そんな恥ずかしいことをよく真顔で言える」

「別に、俺は少しも嘘は言ってない」

今は、誰かを身代わりにしても温《ぬく》もりが…人肌が欲しかった。ジーフリトの唇を思いだして寝苦しい夜を一人で過ごすくらいなら、誰かにめちゃくちゃに抱いて欲しい。

それが相手のことを微塵《みじん》も思いやることのない、身勝手な要求だとわかっていても。きっと、間違いなくフェンリスを傷つける。

でも、自分のせいで彼が傷つくのなら、それも見てみたいと思った。

「だったら問題ない。僕を……僕を抱け。女の格好をしている今なら少しはその気になるだろう？」

「まだわからないのか？　俺はおまえが男でも女でも、そんな些細《ささい》なことは関係ないんだ。でもテュール…本気なのか？　いったん想いを解放してしまえば、俺はもうどれだけおまえに拒絶されても生涯おまえを愛することをやめない。たとえこれから先、おまえの気が変わってもだ。それを全部受け入れる覚悟はあるのか？」

今度はこちら側に、決断を迫られる。

「……先のことなんて関係ないし知らないよ。今はただ、僕が好きなら抱けばいい。それだけだ！　好きなんだろう？」

「あぁそうさ。俺はずっと、テュールだけを見つめてきた。あの日、おまえに忠誠を誓った日からずっと、そういう意味でおまえを愛してきた」

「なら抱けよフェンリス。おまえ一人くらい、これからいつだって受け入れてやるさ」

「本気なんだな?」

「あぁ、おまえが望めば、拒んだりしない。絶対に。僕はいつだってさせてやる」

「テュール……今の約束を忘れるなよ」

「もちろんだ。でも、これだけは言っておくけれど、もちろんおまえにやるのは身体だけだ。おまえはジーフリトの身代わりでしかないんだからな」

フェンリスの頬が、痛みを堪えるときのように歪む。

「わかっている……それでもいい。おまえがくれると言うのならなんだって欲しい。身代わりでもいいから、身体だけでも奪いたい!」

「フェンリス……」

感情が昂《たか》まっているせいか、普段は寡黙な彼がいつになく饒舌《じょうぜつ》だった。

「テュールは知らないだろう? 俺は、もうずっと以前からテュールを抱きたかった。だから覚悟しろ。俺がどれだけおまえを愛しているのかを思い知らせてやる。絶対に記憶から消せないくらい、深く奥まで挿り込んでおまえの心も肉も抉ってやる。何度も何度もな」

真摯で情熱的な告白に、テュールは不思議なくらい胸がつかえて身体が震えた。

「……フェンリス。なぁ、教えてくれ。僕がおまえにこの身体をやったら、おまえは僕のそばから生涯離れないか？」

「離れない。絶対に」

「約束できるのか？　絶対って誓ってくれるか？」

声音の強引さとは裏腹に、弱々しく差しだされた手がフェンリスの逞しい首にすがりつく。細いその腕に、今もくっきりと残る剣の傷跡。

「テュール。おまえ、なにが不安なんだ？　これまでも俺はずっとおまえのものだった。だから、どんなことがあっても俺はおまえを護るし、いつだってそばにいる。それは今もこれからも変わらない。あの日の誓約から……ずっと」

フェンリスは紳士的にテュールの手首を掴むと、ひらひらとやわらかく揺れる袖をまくりあげる。

二の腕に、真っすぐに残る刀傷。

「俺の…皇太子殿下。おまえは覚えているか？　俺が父に殺されかけたあの日のことを」

「あぁ、忘れはしない」

フェンリスは、初めて二人が主従関係を結んだ遠い日のことを思いだし、その古い傷跡に恭しく口づけた。

◆　◆　◆

それは、今から十年あまり前にさかのぼる。まだ、テュールが十五歳の頃のこと。

フェンリスの父であるバルティド公爵の管理下にある近衛兵準備隊で、テュールは訓練を受けていた。当時、テュールは王族の警護を一手に担っていたバルティド公爵の屋敷に、第二皇子であるジーフリトとともにあずけられ、学問はもちろんのこと、武術や剣術などをともに学んでいた。

近衛兵準備隊には武術錬成大会という行事があり、毎年、準備隊の訓練生の中からトーナメント形式で最高武術者が選ばれた。

試合では剣と色味の似た樫《かし》で作られた木剣が使用され、致命傷となる部位に一打が加えられた時点で勝敗が決まる。

毎年、国王や王妃、王族、貴族などが試合の観覧に訪れる、それは国家行事の一つだった。

この年、決勝戦まで勝ちあがったのは、皇太子テュールと、バルティド公爵の嫡男であるフェンリスだった。

事件は、そこで起きた。なんと二人は木剣ではなく、真剣で試合を行ったのだ。

　樫は鉄製の剣と色合いがとてもよく似ていたが、審判ですら気づかなかったのは、試合が始まってすぐ、二人が剣を休める暇もないほどの激しい討ち合いを始めたからだ。

　そして、それが真剣であるとわかったのは、フェンリスの剣がテュールの二の腕に一直線の傷を負わせた瞬間だった。

　試合は中断され、近衛兵準備隊の師範も、観覧席にいる王族たちも大騒ぎになった。

　当然、王妃は激昂し、バルティド公爵は息子であるフェンリスを前にして剣を抜いたが、国王は冷静に二人の話を聞くことを提案した。

　バルティド公爵は息子に対し怒り心頭に発し、激しい剣幕でフェンリスを罵倒《ばとう》する。

　今にもフェンリスを斬《き》ってしまいかねない公爵を止めたのはテュールだった。

「公爵！　ここであなたがフェンリスを斬り捨てると言うのなら、代わりに僕を斬ればいい！　真剣で試合をしたいと彼に無理やり頼んだのはこの僕だ！」

　それには、誰もが驚いた。

「皇太子、いったいなぜそんな危険なことを！」

「理由は簡単だ。フェンリスは僕と剣を交えるとき、いつも手加減して討ってこないんだ。でも、どうしても僕は自分の本当の力を知りたかった。だから嫌がるフェンリスに無理やり真剣を持たせたんだ」

　その発言に合点がいかないというように、今度はフェンリスが意見する。

「テュール！　それは違う。俺が試合で討ってでないのは、皇太子の剣に隙がないからだ。決してあなたが皇太子という身分だからではない。信じて欲しい！　俺は絶対に嘘は言わない。あなたの剣術は近衛兵予備隊の中でも群を抜いている。本当は真剣で試合をするなんて、やるべきじゃなかった。でも、皇太子を傷つけたのが俺であることは間違いない。だから父上、どうか俺を斬ってください！」

弁解をするのかと思えば、斬られても当然というフェンリスの答えに、どうしても納得がいかないテュールは、平気だとばかりに血のしたたる腕を振ってみせた。

「フェンリスは少しも悪くない！　バルティド公爵、こんな傷なんかすぐ治してみせる！」

テュールがいくら彼を庇《かば》おうと、公爵の怒りは収まる様子がない。

「いいえ！　皇太子……なりません。この愚弄者《ぐろうもの》が皇太子にケガを負わせた罪は、死を持って償うに値する！」

「だめだ。そんなの許さないっ」

「テュール。もういいんだ。俺は本当に！」

公爵を止めるための術《すべ》をテュールは懸命に考える。そして考えた挙げ句にこう言った。

「では公爵、フェンリスを斬る代わりに、彼の命を僕にくれないか！　この先、彼を生かすも殺すも僕が決める。だから、今はどうかフェンリスを殺さないで！」

テュールが全霊を懸けて公爵と、最後の決定権を持つ国王に懇願した。

「俺は殺されてもかまわない。国王陛下、父上。どうか斬ってください！」

「だめだ。そんなこと絶対に許さない。もしフェンリスを殺したなら、それが誰であろうと生涯その者を許さない！　たとえそれが公爵でも父上でも！」

普段からあまり物事に執着せず、なにに対しても滅多に熱くなることのない淡泊な性質だと思っていた息子の激情に初めて触れた国王は、大いに驚いていた。

だが、そうしている間にも公爵は剣を抜き、息子の首を落とそうと振りあげる。

「公爵！」

テュールは叫んだ。

地面に跪き、首を差しだす覚悟のフェンリスの前に走りでると、両手を広げてその小柄な全身で彼を庇う。

「父上！　お許しを！　どうかフェンリスの命を僕にください！」

一切怯《ひる》むことのない意志の強い瞳が、国王と公爵を睨みすえている。

会場全体が張りつめたまま、どれだけときが流れたのか。ついに、折れたのは国王だった。

「公爵、もうよい。フェンリスを許してやれ。今回はおまえの負けだ」

その一言に、テュールはようやく詰めていた息を吐いた。

「しかし、国王陛下！」

「皇太子自身がよいと言うなら、それでかまわぬではないか。腕の傷はいつか癒《い》えるだろう。

だが、今フェンリスを失うことは、この国にとって決して得策ではないと儂《わし》も思うがな」

国王の決断を受け、テュールは次に公爵に向き直ってその言葉を待った。

「…………息子よ。おまえは一度死んだのだ。これからおまえを生かすも殺すもすべて皇太子次第だ。だから生涯、その命のすべてをかけて皇太子を護るとここで誓うがいい」

「はい！」

そのとき、目の前の華奢な背中が全霊で自分を護ってくれたことを、フェンリスは生涯忘れないだろうと思った。

テュールは立ちあがると、フェンリスを見下ろして毅然《きぜん》と命じた。

「フェンリス。おまえが僕に生涯の忠誠を誓うなら、その証にここに跪け。そしてこの傷にかけて誓いをたてろ」

フェンリスは皇太子の前で片膝を立てて跪く。

傷からあふれる血がしたたる白い手を取り、その甲に恭しく口づけをした。

フェンリスの唇が紅く染まり………それは、血の契り。

「テュール皇太子、わたしは今日のこの時より、未来永劫《えいごう》、全身全霊を懸けてあなたの守護を務めます」

こうして、彼はテュールに生涯の忠誠を誓った。

それが、二人が永劫の主従関係を結んだ瞬間だった。

◆　◆　◆

フェンリスは、テュールの身体を軽々と横抱きにした。

華奢な身体を覆っている薄いシルクの腰布が、その動きに沿ってたおやかに舞う。

天蓋のカーテンを荒々しく掻《か》き分けると、絹の敷布がかけられた広い寝台が現れた。

二人で横たわっても充分な広さのそこに、フェンリスは抱えてきた皇太子をおろした。

「ぁっ」

それは乱暴ともいえるくらいの勢いで、小さな悲鳴があがる。

間をおかずに逞しい身体が覆いかぶさってくると、テュールは怯えた顔で相手を見あげた。

「もう一度言うが、これを今夜一度きりにするつもりはない。俺は欲しくなったときに、いつでもおまえを抱ける。それでいいな」

「……わ…かってる」

「これはテュール自身が望んだってことを忘れるなよ。それから、今夜、俺にどんなことをされても絶対に逃げるな。逃げたら許さない！」

そう言い置かれ、テュールは恐怖を払拭《ふっしょく》しようと、きゅっと唇を引き結んでから決意を示した。

「逃げるわけがない！」

いつものように強気な態度を見せると、フェンリスは満足げに笑う。

「そうでないとな。でも、テュールは知らないだろう？　これまで、ずっと飢えていた俺が、おまえにどんなことをしたいと思っているか」

「し、知るわけないだろう！」

「そうだな。だから、俺が頭で想像して愉しんできたことを、今から全部実行してやる。おまえの身体の隅々を撫《な》でてさわって舐めて……きっとおまえは泣いて後悔するだろう。でも、俺はもう止まらない。一生手に入らないとあきらめていた熱い想いの堰《せき》を、おまえ自身が力ずくで壊したんだからな」

「……フェンリス」

「男に抱かれるのは初めてか？」

生々しい問いに、早々と後悔し始めるテュールだったが。

「俺も男とは初めてだが、知識はあるつもりだ。なるたけおまえに負担のかからないようにするが、加減ができる自信はない」

欲に濡れ、興奮をあらわにした獣の形相のフェンリスに恐れをなすテュールだが、もうあとには引けなかった。

「さぁ、俺たちの宴の始まりだ」

それから、二人は何度もキスをした。その合間に上衣が脱がされ、寝台の下に投げられる。さらに今度は直接肌に着た薄いシルクの布がはがされた。

自分が次になにをされるのかわからず、怯えた手足が震えるのを止めるため、テュールは敷布をきゅっと握った。

「……怖がらなくていい」

「別に、怖くなんてない！」

こんなときも変わらず気の強い相手に、フェンリスは愉しげに笑う。

「そういうところが、実はたまらない」

「なっ！」

なにか言い返そうとしたが、息が詰まって言葉にならなかった。

フェンリスが顎をやわらかく噛んで、そこから鎖骨まで伸びている綺麗な首の筋を、唇を使ってたどっていく。

ぞくぞくと肌が粟立つと、今度は浮きでた鎖骨に沿って丁寧に舌が這わされる。

ゆらりと腰が揺らめく。

「いいのか？」

「違うっ」

フェンリスは素直でない相手に怒ったのか、鎖骨のすぐ下の薄い肉に歯を立てる。

「あっ」

テュールがいやいやをすると、今度はなだめるようにそこを優しく舐めて吸った。

所有の証として、淡く紅い痕《あと》がそこに残される。

「もう、この肌は俺のものだ」

「ぁ……は…ぁ」

脇腹や鳩尾《みぞおち》からぴちゃぴちゃという湿った卑わいな音がして、いたたまれなくなる。

「この身体を、俺は想像の中で何度も抱いて犯した。おまえはいつも、今みたいに最初は嫌がっているんだ。でも、だんだん快《よ》くなって最後には……」

「言うな！　そんなこと、言わなくていい」

「恥ずかしいのか？」

「別に、そんなことないっ」

「あぁ、驚いた。男でも、感じるとこうなるんだ」

「え?」

なにを言われているのかわからなかった。でも、それはすぐにわかった。わからされた。

「は…ぁっ！」

フェンリスが突然、胸の上でぴくんと突き立った花芽に触れたからだ。

「あ！　なにっ……ぁ、そんなところ……さわる…なっ」

「でも、乳首が立ってる」

「嘘だっ」

「嘘じゃない。ほら、これでどうだ？　自分で見てみろよ」

「いやだっ」

フェンリスは仰向《あおむ》けになったテュールの首のうしろに手を入れ、自分の胸が見えるような角度に傾けてやる。

「あぁ……嘘だ。そんな。どうして……」

視線の先に、さっきまでは桜色をしていた乳首がいつの間にか紅く熟し、ぴんと立っている様が映り、思わず目を背けたくなる。

「ちゃんと見るんだ。いい子だから」

フェンリスが小さな突起に指の先をかけ、それをイジメるように押しつぶすが、

「あ！　…んぅっ」

それはすぐ、元通りに盛りあがってくる。

テュールの目には、まるでそこが自分の身体の一部ではなく、別の生き物のように思えた。

「ほら見ろ、立ってるだろう？」

「あ……やめっ」

フェンリスはそれを証明するように小さな粒を指の腹でつまみ、きゅっと絞りだす。

「ぁぁ、は……ぁん。だめっ」

反応に気をよくして、乳首を何度もひねって揉んでやる。

悔しげでいて、甘くうわずった声がテュールの喉から堪えきれずにあふれでる。

さらに、今度は強めにつまんだ。

「あんっ……だめ、だめっ」

そこを指で刺激されるだけで、慎ましさを忘れたテュールの口から喘ぎがこぼれた。

「男でもここが感じるんだな？　乳首で女と同じ性感を得られる者もいると聞いたが、おまえがそうみたいで嬉しい」

「そんなの、違うっ」

フェンリスが軽く息を吹きかけると、テュールはひっ…と息を詰める。

「ふふ。こんなに反応しておいて、今さら否定しても無駄だ」

さらに、乳首の周りの輪になった部分をぞろっとさわられ、びくりと腰が揺れる。

「はっ……ぁ、や。もう……そこは嫌だ…．ぁぁ」

すっかり敏感に仕あげられた乳首は、どんな些細な刺激をも快感にすり替えて、テュールを悶《もだ》えさせた。

「なにを言ってる？　まだ舐めてもいないのに」

「やだっ。嘘…だ。やめろ！　そんなことしたらっ……ぁ。ぁぁぁっ」

乳首に熱い舌が絡まり、驚いて息を吸い込んだ拍子に甘い音が漏れる。

「やだっ……あん……ぁ。舐めたら、だめっ」

テュールの両手が覆いかぶさっている逞しい肩を叩くが、それはびくともしなかった。

「なぜ？　甘くて美味しいのに……ほら、もっと食べて欲しそうだ」

「やだっ！　ぁぁ……フェンリス、もう…舐めないで。あ！　そ……んな、噛んだらいやだっ……痛っ……あぁ、はんっ」

身をよじって必死で抵抗しても、ちゅっ、ちゅっと音をたてて吸われたり甘噛みを繰り返され、内臓の奥で生まれた快感が痺れとなって四肢にまで広がっていく。

細い指先が白くなるほど強く敷布を摑む。

「なぁ、いつかこの可愛い乳首を、おまえの特別な性感帯にしてやる。ここを責めるだけで射精できるほど、この身体を俺好みに変えてやる。おまえはもう俺のものだ」

「そんなっ……いやだよ」

テュールの瞳にたまった水は、まばたきをすれば簡単に涙に変わってしまうだろう。

それを見て、フェンリスは困ったように笑う。

「おまえはいやがっているが、知っているか？　こっちも、もう勃《た》ってる。ほら」

腰に申し訳程度に残っている下着の布が容赦なくはぎ取られると、テュールのそこはたしかに変化していた。

「ぁっ、いやだ……見るなっ！」

フェンリスが知らしめるようになぞると、先端の小さな孔のくぼみに水滴が染みだし、見る見るうちにふくれあがる。

「こっちの涙もこぼれそうだ。なぁテュール、今度は、俺をさわってくれよ」

フェンリスは帯をほどくと、下衣の中から野蛮なまでに勃起した欲を抜きだす。

「ぁあっ！」

想像以上の質量に、テュールは驚愕《きょうがく》して両手で口を押さえた。

「よく見ろ。これが、あとでおまえの身体の中に挿り込むんだ。だから優しくさわってくれ」

「そんな……そんなの、無理だ」

「なにが？」

「挿ら……ないよ。だって、だって……大き…すぎる」

決して相手を誉めたわけではないが、フェンリスは愛おしげにテュールの髪を撫でた。

「無理じゃないさ。ちゃんと孔の中をやわらかくほぐしてから挿ってやる。安心しろ」

抱いてくれと望んだのはたしかだったが、男同士の行為を、まるで空想世界のできごとのように想像していた自分のことを、テュールは今さら悔いていた。

「いやだ！　なぁ、ほぐすって……なに？」

「いいから。おまえは俺に全部任せて、いい声で喘いでいればそれでいい。ほら足を開け」

フェンリスは髪を撫でてなだめようとしたが、テュールはすっかり恐れて身を固くする。

仕方なく強引に足を開かせようとしたが今度は激しく暴れて抵抗され、それがフェンリスの怒りに触れた。

「テュール、おとなしくしていろ。でないと、俺にも考えがある」

そう言うと、フェンリスは懐から短剣を抜いた。

「な、なにをする！」

テュールの身体が恐怖におののき、急に静かになる。

「あぁ、勘違いするな。おまえを傷つけたりなんかしないさ。ただ、抵抗を封じるだけだ」

皇太子の寝台には、召使いを呼ぶために鳴らす銀の鈴が、天蓋から縄で下げられている。

フェンリスはそれを、短剣でばっさり切り落とした。

「なにっ？　なに！」

何ごとかと怯えるテュールを後目《しりめ》に、素早く彼の膝裏を摑んで片足を引っぱりあげると、彼がその意図を察して抵抗する前に、縄の先に膝を縛りつけてしまった。

「あぁぁ！　そんな……」

気がついたときにはもう、テュールの片方の足は天蓋から膝で吊られる格好になる。

あまりの恥ずかしさから懸命に足を閉じようと藻掻《もが》くが、フェンリスはそれをやめさせた。

「暴れるな。これは上質な縄を使っているが、あまり暴れると膝の裏をケガするぞ」

「なんのつもりだよ。こんな……こんな格好は、いやだ」

「あぁそうだな。恥ずかしいか？　そりゃそうだ。全部丸見えになっているからな」

「よせっ、言うな！　おまえっ！　僕を誰だと思っている！　僕に対し、こんな無礼な扱いをするなんて絶対に許さない！」

「そう怖がるな。大丈夫だと言ったろう？　今からおまえの孔をほぐしてゆるめてやるから、早く俺を中に挿れてくれ」

「……なぁ、いやだよ。そんなの無理だ」

涙が今にもあふれそうだ。

「おいおい、忘れたか？　おまえは自分から俺を誘ったくせに、もう逃げだすのか？」

「っ……」

獲物を逃げられないよう天蓋にくくりつけたフェンリスは、寝台の脇に置かれた机の引きだしから、肌を整えるために使うアブラ菜の香油を取りだした。

「なに、そんなの……なにするんだよ！」

それを中指にたっぷりと垂らし、怯えているテュールの足をさらに大きく広げさせ、双丘の狭間《はざま》の小さな孔の周りにヌルヌルと塗りつけた。

「あ！　いや、いやっ」

しばらく戯れるように周囲を撫でていたが、それはふとした瞬間に、にちゃっという卑わいな音をたてて後腔に沈んでしまう。

「あぅん！」

びくついて痙攣するものの内側の筋肉をなだめるようにやわやわと撫で、さらに奥まで中指を咥《くわ》え込ませる。

「ひ……ぁぁ」

中をほぐすように何度も抜き差しが繰り返されると、テュールの身体は寝台の上でのたうちながら淫らによじれた。孔が頃合いにゆるんでくると、フェンリスはさらに人差し指を追加し、その二本を内部で広げたり曲げたりして柔襞《やわひだ》を圧迫しながらさらに広げる。

「うん……やだ。やだぁ」

涙の染み込んだまつげはキラキラして、テュールが重そうにまばたきをするとしずくが頬を伝ってこぼれ落ちた。

許して欲しくて泣いてみせるが、それが逆に男の欲を誘うのだとテュールは気づかない。

やがて指の先が、襞の表面に隠れている前立腺《ぜんりつせん》の隆起を探しあて、そこを狙い澄まして擦りつけると、綺麗な背中が折れるほどに反り返った。

「あぁ、あぁぁっ……ひっ。だめ、そこは、いやっ……」

「ここ？　………どうして？」

「だって、そこは……あぁ、あ、ぅん……」

「どんな感じなんだ？　ちゃんと答えてみろ」

「わからないっ。わからないけど……じんじんするから。ぁぁ、お願い、なんとかして…」

「イきたいのか？」

テュールが何度もうなずくと、フェンリスはようやく中から二本の指を抜き去った。

喪失感からため息が漏れたが、たちまち熱い肉塊が押しあてられると、それは悲鳴に変わった。

「あぁぁあっ」


倒れた瓶からとろりと蜂蜜がしたたるような甘い夜は、テュールを未知の世界へと誘う。

ぐちゅぐちゅと卑わいな音をたて、男の竿《さお》が激しく抽送を繰り返す。

「あ！　ぁ……んぁ！　……は…ぁぁん」

最初こそ痛みを伴った性交だったが、今はフェンリスの動きのすべてが快感にすり替わっている。

「いいか？　感じるのか？」

「あぁ。フェンリス……フェンリス」

テュールが狂おしく名を呼ぶ。フェンリスは吊り上げられた細い足首を摑み、踵《かかと》に綺麗に

浮きでたアキレス腱《けん》を、その尖った犬歯で強めに噛んでやった。

「ひぁっ！」

とっさに、噛み切られるかもしれないという恐怖が湧いて、皮膚の表面がぞくぞくする。

「覚えておけよテュール、俺は生涯どんなことがあってもおまえを手離さない。それを忘れるな。もしおまえが俺から逃げようとすれば、二度と歩けないようここを食いちぎってやる」

恐怖が先行してテュールの精神を支配しているように思えるが、それ以上の喜悦が恐怖を掻き消して興奮に変えていた。

「テュール……？　聞いているか？」

だが恍惚とした表情は幼く、今テュールが正気をなくしているのがわかって絶望する。

「あぁ、気持ちいい。いいよ。ジーフリト……」

忘れかけていた現実が、それでもいいと納得していたはずの男を粉々に打ちのめす。

「……テュール、テュール！　おまえは、俺を愛しているか？」

「ぁあ、愛しているよ……僕の、ジーフリト」

フェンリスは知っている。テュールが誰を愛しているのか。

自分がただの身代わりだということも。

「………それでもかまわない。俺は……俺だけは、唯一おまえだけを愛している」

その告白は、恍惚として正気をなくしたテュールの心に届くことはなかった。初めての二人の夜。それは決して甘いだけのものではなかった。

3

テュールとフェンリスが、密かに城を抜けだして離宮を訪れた日から約半年。

その間ジーフリトは離宮で熱心に母を介護し、ヘルム妃は幸いにも順調に回復を果たした。

それを待っていたテュールは、今日、ようやくジーフリトを本城の政務室に呼んだ。

「兄上様、長い間、政務を離れてご迷惑をかけましたが、ようやく母上も普通に生活ができるほどに回復しました。すべては兄上様のご配慮のお陰です。ありがとうございました」

「それはなによりだ。でも、まだしばらく薬師を離宮へ通わせるから安心していればいい」

「はい。ありがとうございます。本日より、わたしは政務に復帰いたします。それでは、早速、本日わたしをお呼びいただいた用件をうかがいましょう」

半年前の豪雪の夜、テュールは離宮でジーフリトと過ちのように口づけを交わしてしまったが、あえてその記憶は自分の中から抹消していた。

以降、二人きりで会うのは今日が初めてだったが、いざジーフリトを前にすると、その瞳を正視できない。

もうずいぶん前のことなのに、口づけの感触を鮮明に覚えている。

普通に話をしているのに彼の唇に目が行ってしまい、その弾力と甘さがよみがえる。

それでも、テュールは努めて冷静に話を始めた。

「今日は、ジーフリトに少し知恵を貸してもらいたい」

「はい。わたしの知恵でよろしければ、なんなりとお使いください」

「ならば、今から一緒に来てくれないか」

「どちらへ?」

「僕の農園だ」

「農園……とは?」

「ついてくればわかるさ」

そう聞いたジーフリトは、少し首を傾げてからうなずいた。


ジーフリトとフェンリス、そして数人の近衛兵を伴って、テュールは本城から三里ほど離れた農村地帯に馬で向かっていた。

四季のあるこの国は今遅い春を迎えていて、雪の少ない南部でも作物を作っている農地はまだ少ない。

ヴァルーラ王国は寒冷地帯にあるため、夏でも気温はさほど高くはならない。

それでも今日は天候がよく、午後になって太陽が高く昇るにつれて気温も上がった。

「兄上様が離宮を訪れてくださった日は、ひどい雪でしたね」

澄み渡る青空を、ジーフリトがまぶしげに見あげる。

「そうだな。昨年は例年よりずいぶん早い時期から雪が降って寒い年だった」

「ええ本当に。それにしても、兄上様が農園に出向くなんてめずらしいですね？」

「そんなことはないさ。ジーフリトが知らないだけで、僕は週に一度は南部の農園を視察している。果物や穀物、ハーブの品種改良や、室内での試験栽培も手がけているんだ」

そんな詳細までは知らなかったが、ジーフリトは兄が農作物に関して相当なこだわりを持っていることは知っていたので、ようやく納得できた。

久しぶりに会ったせいか、とりとめのない話に花を咲かせる二人の前を行くのは、先導のフェンリスの馬。

そのうしろにテュールとジーフリトが続き、さらには護衛の近衛兵数人が続く。

「兄上様が農園を管理して試験栽培までしていらっしゃるとは、知りませんでした」

そんな二人の会話に、フェンリスが割って入る。

「ジーフリト、テュールは時間があればここに来て、農園の作物の手入れをしている」

「それは驚きました。でもたしかに、時々本城においでにならないことがありましたね。実は、そんなことをなさっていたとは意外でした」

「僕はこのヴァルーラ王国を農耕国家にしたい。果ては大陸全体もな。国が豊かになればきっと戦も減るだろうと思っている。でも当面の目標は、今の農地を倍に増やすことなんだけれど、なにせ先の戦で財源が底をついているんだ」

「おっしゃるとおりですね。それで、今日わたしを農園にお連れになった理由は？」

「あぁ。それは、あとでおまえの知恵を借りたいことがあるんだ」

ジーフリトは、それに御意と答えた。

やがて馬が穀倉地帯へと入ったが、周囲の畑ではルッコラやニンジン、カブなどが、整然とした畝《うね》で見事に育っている。

ふと、作業をする農夫がテュールを見つけると、嬉しそうに駆け寄ってきた。

「皇太子殿下！　見てください！　先日、大根とカブを交配したんです」

農夫はたった今抜いたばかりの丸いカブを数本、川の水で簡単に洗ってから持ってくる。

「あぁ、立派な大きさだな。形もいいし。あとは……」

王家の皇太子を前にしても、少しも物怖じしない農夫の態度にジーフリトは驚いたが、そのあとのテュールの行動にさらに仰天した。

彼はカブを受け取ると、まるで林檎を噛むようにそのままかじり、ゆっくり咀嚼《そしやく》する。

「……うん。うん！」

満足そうにうなずくと、それをジーフリトとフェンリスに投げてよこした。

「ほら。おまえたちも食べてみろ」

ジーフリトはためらいながらも同じようにカブを一口かじってから、はっと顔をあげてテュールを見た。

「うん。なんだ？　率直に感想を言ってくれていいぞ」

「はい。まず、最初の印象は意外なほどやわらかい。それから味が濃くて……なんだか、甘い？」

その言葉を聞いて、テュールと農夫は満足そうに笑った。

「たしかに甘いな。これは以前に交配したカブより、糖度が増している」

フェンリスが前のものと比較評価したことから、彼がいつもテュールに同行していることをジーフリトは改めて思い知る。

「このカブは見目もいいし瑞々《みずみず》しいし、なによりも甘い。また、この調子で頼む」

皇太子の誉め言葉にご満悦でうなずいた農夫は、足取りも軽く作業に戻っていった。

それからテュールは、畑のあぜに咲いている背の高いピンクの小さな花をいくつか摘《つ》んだ。

「これはグローブといって、ハーブの一種なんだ。ちょっと香りを嗅《か》いでみて」

茎を受け取ったジーフリトは、小さな花に顔を近づけるなり渋い顔になる。

「あぁ……その。なかなか芳ばしい匂いですね。でも、これはちょっと…」

「ふふ。鼻につく匂いだろう？　でも、ジャムの香りづけにすると意外にもちょうどいい具合になるんだ。僕の部屋にもいつも置いてある」

そんな遣り取りをしながら馬を進めていくと、農園には本当にさまざまな品種が植えられた畝があることがジーフリトにもわかった。

「今の時期、まだ収穫できるものは少ないけれど、夏になれば黄トマトや赤ピーマンや、見た目にも鮮やかな野菜がこのあたりの農地いっぱいに実をつける」

そう語るテュールが生き生きとしているのを、フェンリスはただ穏やかに見守っている。

ジーフリトはめずらしいものでも見るように、新鮮な兄の言葉を熱心に聞き入っていた。

「昨年このあたりの農地を灌漑《かんがい》した。水が豊富だから野菜も瑞々しいんだ。ただ…」

「ただ？　なんです？」

「うん。それについてはあとで詳しく話すよ。さぁ、この丘を登ると果樹園がある」

路はやがて上り坂に差しかかった。

川が平野に流れ込む場所の土壌はとても肥沃《ひよく》で、果物を育てるには最高の土地だ。

二人は頑丈な柵を巡らせた中にある、果樹園の脇道で馬を止めた。

「フェンリス、大勢で中に入ると農地が傷むから、おまえたちはここで待っていてくれ」

「いや、俺は一緒に行く。衛兵はここに残しておく」

「フェンリス」

目を見てテュールが諭すように命じると、彼はため息をついてからわかったと短く答えた。

ジーフリトを連れたテュールがあぜを進むと、奥には林檎の果樹園が広がっていた。

「すごい！　林檎がこんなに……いつから我が国は農耕国家になったんです？　あの、兄上様は、実は秘密主義者だったのですか？」

「？　……どういう意味だ？」

「農園のことです。フェンリスは知っていたのに、わたしには教えていただけなかった」

「あぁ。ジーフリト、変な誤解をするなよ。たしかにこれは政務以外で僕が単独で行っていることだけれど、別に隠していたわけじゃない。おまえにはいつか言おうと思っていたんだ。最近になって、やっと話せるくらい農園が上手くいき始めたから連れてきた。他意はない」

そんな言い訳をされても、なんだか腑《ふ》に落ちない顔のジーフリトだった。

「ほら、もう少し先には桃、金柑《きんかん》、檸檬《れもん》も実をつけているんだ」

テュールは林檎を枝から一つもぎ取ると、匂いを嗅いでからかじる。

シャリッという、小気味いい音がした。

「北部産の林檎は酸味が効いているんだ。だから南部の林檎と交配して、程よい甘さと酸味もある新種を作ろうとしているんだけれど、条件がそろわないとなかなか難しい」

「条件？　あとはどんな条件が必要なんです？」

「ここの土は肥沃で申し分ない。あとはなんだと思う?」

「そう、ですね……」

「まぁいい、ほら、おまえも食べてみろよ」

ジーフリトは手渡された林檎を同じようにかじってみる。

「甘い。それに、歯ごたえもありますね」

「うん。僕はこのくらい固い方が好みだけれど、元老院の長老に食べさせたら固すぎて噛めないと文句ばかりだった」

そう言うと、ジーフリトはなにかを思いだしたように苦笑する。

「それ、誰がおっしゃったのか想像がつきます」

「そうか?」

テュールも面白そうに目を細めると、ジーフリトがそっと耳を寄せてくる。

そのとき、ふと豪雪の夜の口づけを思いだしてしまって心臓が一つ跳ねたが、どうやら気づかれていないようだ。

彼からある名前が密やかに告げられると、テュールは急に吹きだす。

「あたりだ。どうしてわかった?」

「あぁ……それは聞かないでください」

博識で統率力のあるジーフリトは、元老院の長老たちにも一目置かれている存在だ。

だからテュールも、今日彼をこの農園に連れてきた。

その後、檸檬や金柑も試食させてから、ジーフリトに感想を求めた。

「どれも本当に瑞々しくて美味しいです。これもすべて、兄上様の尽力の賜《たまもの》ですね」

「ありがとう。僕は本気なんだ。本気でこの国を農耕国家にしたい。寒冷地帯にあるヴァルーラ王国の厳しい環境の中でも、改良すれば上手く育つ作物はたくさん作れる」

「ええ。そして兄上様、さきほどの話の続きですが、肥沃な土壌以外に必要なものがわかりましたよ。それは、澄んだ水なんですね」

「そうだ。さすがだな」

「で、兄上様はその水の所在に心あたりはありますか？」

「エリュイド山の頂にある泉湖のそばに、天然の林檎樹林が限られた範囲にだけ育っているんだ。その林檎の味はいつも申し分ない」

エリュイド山とは、この国と隣国エルダーラとの国境が山頂付近にある山で、ヴァルーラ王国領内にその泉湖はある。

地下の鉱脈をあふれさせる澄んだ水には、天然の鉱物などが含まれているようで、それが味に深みと幅を持たせているとテュールは考えていた。

「例えば河川を人工的に作って水を裾野まで引いたとしても、途中で雨水や他の水脈が混じって質が落ちると思う。だから純粋にエリュイド山の水そのものを農地で使えたらと……」

「わかりました。では兄上様、今からエリュイド山に向かいましょう」

「え？　今から？　おまえ、いいのか。山頂まで馬でも優に二時間はかかるんだぞ」

「かまいません。兄上様がわたしに意見を求めていらっしゃるのは、その水をどうやって林檎園まで運ぶかということでしょう？」

テュールは行動力のある弟を、全幅の信頼を寄せた目で見あげる。

「うん。ありがとう」

その後、一行はその足で、神が宿ると古来より伝えられるエリュイド山の山頂に向かった。

険しい山を二時間かけて登ると、山頂には味わい深い古い教会が建っている。

聖地と崇められるそこには、多くの旅人や殉教者が集まっていた。

「ティロム教会はヴァルーラ王国の敷地にあって我が国の者も多く訪れるが、隣国エルダーラから礼拝に訪れる者の方がその何倍も多いんだ」

この国と国境を接しているエルダーラは、油田があって裕福だが砂漠地帯が多い国家だ。

「それにしても、出店《でみせ》がたくさん並んでいますね」

テュールたちは馬をおり、市場になって多くの人が集まってにぎわう広場に入った。

現在、隣国との国境は、両国の国民全員が所持を義務づけられている身分手形を提示すれば、行き来するのは容易だった。それも、戦争中では考えられないことだが。

「エルダーラ国の裕福な礼拝者は、教会を訪れた帰りに市場でたくさん買い物をしてくれるんだ。それが今、我が国の財政をずいぶん潤してくれている」

テュールが農作物の品種改良に力を入れようとしている意図がジーフリトにも見えてくる。

「戦争が終わってから、この教会を訪れる人数は増える一方で、市場で売られる新鮮な穀物や果実の売りあげも好調なんだ。ただ……」

「ただ。なんです？」

「うん。この険しい山頂まで大量の農作物を運搬するのに莫大な費用がかかって、思うように販売量を増やせないんだ。だから最近は、この市場も品薄になっている」

「それは残念ですね」

「これから夏期になれば、もっといろんな野菜や果実が市場で売れるのに……」

「それにしても、兄上様は……」

「なに？」

「いいえ。ただ、兄上様らしいと思っただけです」

ヴァルーラ王国の歴代の国王のように戦で領地を増やすという考えではなく、いかに国家を豊かに安定させていくかと考えているテュールに、ジーフリトは感銘を受けていた。

それは、平和を好んだ先王の遺志を継いだものだろう。

その後も二人は改良された穀物を試食したり市場の店主から話を聞いたりした。

彼ら兄弟の仲むつまじい姿を、フェンリスは険しい表情をして見守っていた。

「なぁジーフリト。明日から、また前のように政務長会議に出てくれないか？」

以前、国王が生きていた頃は、テュール、フェンリス、そしてもちろんジーフリトもその会議に出席を許されていたが、国王亡きあと、ジーフリトは政務の手伝いはしても、会議に出ることはなくなった。

「それは嬉しいお言葉ですが、辞退させていただきます」

「……母上の、ことか？」

「はい。王妃様がなんとおっしゃるか」

王妃は、ジーフリトが有能であるがゆえに、彼が国政の中心に身を置くことを禁じた。テュールがこれまで王妃に逆らうことができないでいるのは、なにも彼女を恐れているからだけではない。ジーフリトの母、ヘルム妃を国王がたいそう寵愛したため、タラトスク王妃が苦しんでいたことも知っているからだ。

近い将来、難しい選択を迫られるだろうことを、テュールは覚悟している。


一行はその後、泉湖を視察したのち、国家が所有している王家の別荘に立ち寄った。

暖かい陽射《ひざ》しが差し込む明るいテラスで、テュールのいれた紅茶を三人で楽しんでいる。

「これは、ブラックベリーを乾燥させて調合したお茶なんだけれど、どうかな？」

「美味しいですね。果実特有の甘みが最初に来て、お茶らしい渋みと酸味があとにくる」

「渋みまでよくわかったな。それはさっき果樹園で見たクローブピンクのせいだ。ほら、その花壇にも咲いてる背の高い小さな花。芳ばしい香りづけに本当にいいだろう」

二人が会話を楽しんでいる間、フェンリスはただ黙ってそれを聞いている。

彼は元来おしゃべりではないし、複数で会話をすることをあまり好む方ではない。

ただ、彼らが半分でも血の繋がりがあるからか、半年ぶりに会ったからかは不明だが会話はとても弾んでいき、それとは逆にフェンリスの顔色は次第に悪くなっていく。

「兄上様。話を変えて恐縮ですが、さきほどの泉湖の水のことです」

「うん？　なんだ？」

「案があります」

「もう？」

テュールは驚きに目を輝かせる。

「兄上様は、エリュイド山頂の泉湖の水をふもとの果樹園や畑で使いたい。それから、作った農作物を安い経費で山頂の市場に運搬したい」

「あぁ、そう。その二つだけれど、おまえに知恵を借りたいのは最初の水の案件だけでいいぞ」

「いいえ。我が国は戦争ですっかり疲弊し、今は資金不足で無駄な予算は出せない。でも、その両方が上手くいく方法があります」

「え？　嘘だろう？　そんな策があるのか？」

「はい。ただ、初期投資は必要ですが」

「内容による。で、どうするんだ？　早く話してくれ」

「まず、泉湖の水を汲《く》みあげる水車のような施設を作ります。そして山頂から平地までをロープと滑車で結び、水袋かトロッコで汲みあげたを水をふもとにおろすんです」

話を聞いていたフェンリスが、いきなり会話に参加する。

「なかなかの名案だ。だが、山林の一部を切り開かなければならないんだな？」

「そうなるでしょうね。でもリフトにのせた水袋は自重で山をおります。そして、平地で水をおろしたあと、今度は山に登る復路で空になった水袋に……もうおわかりですよね？」

そう聞いて、勘のいいテュールもフェンリスもすぐに気づいた。

「そうか。今度は平野で摂れた野菜や果物をのせるんだ」

「重い水を山頂からリフトでおろす自然の力を利用して、水より軽い穀物を今度は平野から山頂まで運ぶ。そういうことだな？」

「ええ」

その方法ならたしかに山を開いたり、滑車を設置したりと初期投資は必要だが、それ以降は自然の力を多く利用するという実に効率的な方法だった。

「う～ん。ジーフリトはやっぱりスゴいな。僕が長い期間考えていても良案が見つからなくかったことを、二つ同時に、しかもこんなわずかの時間で解決してくれた」

「兄上様、お誉めいただいて光栄です。わたしも役に立てて嬉しく思います」

「本当にありがとう」

テュールはすっかり脱帽した様子で礼を言ってから、ジーフリトのティーカップが空になっていることに気づいた。

「あぁ、少し待っていてくれ。今度は違うハーブでお茶をいれるから」

そう言うと、彼は花籠を抱えて席を立つ。

「兄上様、どこへ？」

「実はこの別荘の中庭でもハーブを育てているんだ。平地では見られない種類が育つから面白くて。だから、ちょっと摘んでくるよ」

すると、なぜかフェンリスも一緒に立ちあがった。

「フェンリス？　おまえもここで待っていろ。すぐ戻るから」

「いや。俺も一緒に行く」

護衛役としては当然のことだという顔をしている。

「本当に、今はいいから」

テュールは頑なに断ると、今度こそ花籠を手にして中庭に向かった。

そして……残された二人の間には、妙な空気が流れているのをフェンリスは感じる。

それは、ジーフリトに対して今まで感じることのなかった畏怖を、今は五感が感じ取っているからかもしれない。

近衛兵準備隊に入ってからずっと、フェンリスとジーフリトは、皇太子と三人で過ごすことが多かった。

フェンリスの屋敷で生活しながら、学問や剣術を習っていた頃がなつかしい。

もちろんフェンリスは、ジーフリトを第二皇子としても、友人としても大事に思っているが、それはあくまでテュールを血の繋がった兄として慕うジーフリトだからだ。

でも、フェンリスは予感していた。

ジーフリトのテュールに対する純粋な思いが、いつか違うものに変わるのではないかと。

実際、半年前の豪雪の夜、二人の間になにか起こったことは間違いない。

「なぁフェンリス、わたしは知らなかったよ」

「なにをだ?」

「兄上様が、この国を農耕国家にしようとしていることだ。農園のことも知らなかった」

「それは、おまえがテュールに関心がなくて、知ろうとしなかったからじゃないのか?」

フェンリスはそれほど深い意味で言葉にしたわけではないが、彼から強い反論が返る。

「わたしが兄上様に関心がないだって? わたしほど兄上様を敬愛している者はいないはずだ」

それを聞き、フェンリスは思いだした。

西の砦で、ジーフリトが兄のためにどれほど残虐になれたのかを。

「なぁフェンリス、周りはどう誤解しているか知らないが、わたしは生涯、兄上様のそばで、兄上様のために尽くしたいと思っている」

周囲からは第一皇子派、第二皇子派などといった派閥の雑音が聞こえてくるが、どうやらジーフリト自身のテュールへの忠誠心は本物らしいとフェンリスは確信する。

「わかっているさ」

「なぁ、教えてくれ。兄上様はなぜ、わたしに農園のことを話してくれなかったのだろう」

テュールのジーフリトへの感情は、憧憬といったものに限りなく近いのだろう。

だからテュールは、自らが苦労している姿を見せたくなかったのかもしれない。

もちろんフェンリスは、そんなことをジーフリトに教えてやる気などさらさらないが。

「さぁな」

ジーフリトの変化は不安をあおる。彼が今後、もっとテュールを知りたいと思ったなら?

「それにしても、農耕国家とは……平和をこよなく愛する兄上様らしい。なぁフェンリス、おまえは兄上様のことをなんでも知っているんだな」

「あぁ、俺は他の誰よりもテュールのそばにいるんだから、すべてを知っていて当然だ」

棘のあると言っても過言でない物言いに、ジーフリトの表情がわずかに嫌悪を含んだ。

きっと彼自身はまだ気づいていないが、変化は、すでに始まっているのかもしれない。

「俺はテュールのことならなにもかも知っている。心も身体も……なにもかも、すべて」

さらなる意味深な表現は牽制のためで、今度は明らかにジーフリトの眉間が険しくなった。

「……なにもかも？」

そのとき、ジーフリトの脳裏には以前、西の砦で毒に侵されたテュールを助けるため、口移しで解毒剤を飲ませたフェンリスの姿が思い浮かんでいた。

「あぁ、そう。なにもかもだ」

優越を含んだ声色は、ジーフリトを呆気なく不快にさせてしまったらしい。

嫉妬という感情の存在を、ジーフリト自身も遅まきながら認識し始めたのだろう。

今後、もし彼がテュールを愛するのであれば、二人の騎士は相容れない者同士になるだろう。それどころかテュールは昔からジーフリトを好いているのだから、フェンリスには分が悪い。

今までのように、純粋に兄としてテュールを慕っていた彼のことは楽観していたが、いやな予感がぬぐえなかった。

「フェンリス」

「なんだ？」

「おまえと……兄上様のことなんだが……」

ジーフリトにテュールとの関係を問われたならば、はっきり言ってやるつもりだった。トドメを刺すのは早い方がいい。

むしろ、そう訊かれることを望んでいたフェンリスだったが、相手はためらったようだ。

「なんだ？　訊けよ」

「いや、今は。いいんだ……」

「……ああ、そう言えばテュールはずいぶん遅いな。少し見てくる」

そう言い残すと、フェンリスはあっさり席を立った。


高地には高地にだけ咲く花や実がある。

テュールはその土地特有の花も樹も、とても大事にしていた。

別荘の中庭は整備されていて、区画ごとに花壇があって違う種類の花が咲いていた。

二人に美味しい茶をふるまいたい一心で、テュールは数種類のハーブを摘んでいる。

一つ一つ手に取って香りを確かめてから、花籠に収めていった。

「ぁっ」

不意に背中からまわった腕に強く抱きしめられ、驚いて短い声があがる。

「ちょっ……」

ハーブを摘むのに夢中になっていて、不覚にも背後を取られた。

でも、尋常ではない腕力となじんだ体臭から、相手が誰だかすぐにわかる。

「フェンリス！」

それに、皇太子に対してこんな無礼なふるまいを平気でするのは、彼くらいのものだ。

「油断していたな。俺じゃなかったら、おまえは確実に刺客に殺されていたぞ。それとも」

――そいつに、ここでめちゃくちゃに犯されていたか？

耳元に熱い息と一緒に忠告が吹き込まれる。条件反射で、ぞくりと脇腹のうしろが震えた。

「フェンリス。馬鹿なことを言ってないで、早く放せ！」

「いやだね」

彼の様子がどこか変だと、テュールはすぐに気づく。

「どうしたんだ？　おまえ、なんだかおかしい。放せよ！　今、こんなことをするな」

彼はなぜか、刺々しい雰囲気をまとっていた。

「別におかしくないさ。いつだって俺は、おまえとこうしたい」

身をよじって腕から逃れようとすると、さらに抱擁は深くなって雁字《がんじ》がらめにされていく。

やがて、動きを封じていただけの掌が、テュールの肌を撫でまわし始めた。

「ぁっ！　おまえ……嘘、だろう？　よせっ」

「さっき、ジーフリトと林檎園でなにをしていた？」

「林檎園だと？　なんだよ。別に、なにもしていない！」

「二人で、ずいぶん楽しそうだったじゃないか」

「おまえ、見ていたのか?」

「見ていたんじゃない。遠くても見えていた。俺をのけ者にして、二人で秘密の相談か?」

「そんなわけないだろう!」

テュールには、ようやくフェンリスの刺々しい態度のワケがわかった。

彼はまた嫉妬している。

「あぁ。忘れていたよ。そう言えば、テュールは昔からジーフリトに惚《ほ》れていたな」

指先が、衣服の合わせ目から器用に素肌へと忍び込む。

「っ! ……フェンリス! 本当にやめろ。ジーフリトが来たら、どうするんだ!」

テュールは青くなって、めちゃくちゃに暴れる。

こんなふうに肌を愛撫されたら、いつも自分がどうなってしまうかを知っているからだ。

もちろん、フェンリスもそれを承知でやっている。

「おまえ、わざとだな! この卑怯者」

「口の悪い皇太子殿下だな。でも、俺にとってはそこもたまらなく愛おしい」

拘束から逃れようと、肘《ひじ》で相手の腹を本気で突くと、うなじに噛みつかれる。

「あぅ!」

それはもちろん手加減された強さだったが、抵抗を封じるくらいには充分威力があった。

野生の狼は逃げる獲物をとらえたとき、その首に牙を立てて動きを封じてから、じわじわと柔肉を味わい食らう。まさに、その動きに似ていた。

「ぁ……ぁぁ……フェンリス、いや…ぁ」

相手に対する恐怖からテュールは動けなくなってしまい、急に弱気になった声が懇願する。

「いや？　いやだって？　嘘をつくな」

簡単に服の生地をくぐって潜り込んできた指先に的確に乳首をとらえられ、息が詰まった。

「うん…っ」

人差し指と中指で挟み込み、指をこすりつけるように動かすと、まだ桜色の乳首が二本の指の間でもみくちゃにされる。

「ぁ…あぅ……ん。ぃぁ……」

「ふふ。相変わらず感度がいいな。さぁ、今からここで抱いてやる」

「そ…んな！　だめだっ。庭師が、来てしまうかもしれない、から……」

ここは王家所有の別荘で、いつ庭の手入れを任せている召使いがやってくるかもしれない。

それに……。

「庭師だと？　嘘をつけ。今、おまえが心配しているのは、ジーフリトのことだろう？」

彼の名が鼓膜を震わせた瞬間、テュールの身体がびくりと卑わいに跳ねた。

それが、フェンリスには気に食わない。

牙の嚙み痕が残る白いうなじを、今度は舌で猥雑に舐めあげる。

いつでもトドメを刺せるのだと、どちらが優位なのかを獲物に知らしめるように。

「さぁ、手間をかけさせるな。素直に下衣《ふく》を脱いで足を開け」

「そんな。だめだ。だめ……ここでは、本当にいやだ。早く戻らないと……変に思われる」

そのとき、うしろの植樹の陰でかすかな物音がしたが、テュールはそれに気づけない。

フェンリスはニヤリと口角をあげると、不意に腕の中の身体をくるりと反転させ、背後にあった植樹の方に正面を向かせた。

「変に思われるだって？　誰にだ？」

チラリとそちらをうかがったフェンリスだったが、そのまま強引にテュールの腰帯を解き、ゆるくなった布の隙間から下肢に手を忍ばせる。

「待って。待って！　あ、そんな……ぁぁ！」

意地の悪い掌は汗ばみかけた柔肌をたどり、変化を見せ始めた肉茎にたどり着く。

「知ってるか？　おまえの可愛いここ、もうこんなに濡れているぞ。いやらしいな」

先端にたまった甘い蜜を指先にたっぷり絡めると、指はさらに下へ奥へと落ちていった。

「あ！　本当に、待って。そんな……んぅ」

快感に侵食され始めた肉体を支えている両足は、もう哀しいほどガクガク震えている。

「どうした？　いいところをこすられて、立ってられないくらい感じているのか？」

前にがくりと腰を折ってうなだれるテュールの上体を、フェンリスは強引に引き起こした。あげられた貌は淫らに変貌《へんぼう》していて、普段の凜とした皇太子のものとは思えなかった。

上衣はすっかりはだけられ、赤く熟れた乳首を長い指が揉みしだく様が丸見えになる。もう片方の手の指先は秘められた場所に届き、口を開けろと催促するようにこすりあげた。

「ぁ……だめ！　そこは、だめ……しないで。お願い、フェンリス……そこは、やめてぇ」

甘い刺激にのけ反る小さな頭が、頼りなくフェンリスの肩にあずけられて左右に揺れる。

もう、今のテュールは、そのすべてが彼のなすがままだった。

自分がにじませた蜜にまみれたフェンリスの指先が、ついに小さな肉門をこじ開けてくぐる。

「やぁぁっ。挿れないで、挿れたら……いやだ！　あぁ……あん」

「どうした？　本当にいやなのか？　おまえは嘘つきな奴だな。でも、正直なここは俺の指に吸いついてきて、抜かないでと言っているぞ」

テュールが吐く息は短くて荒く、まるで波に飲まれて溺れかけている人のように苦しげだ。

我が物顔で狭い器官に侵入した指は、湿った肉襞を押し広げるように淫らに蠢く。

「うん……ん、ぁん」

指が内部で第二関節から曲げられると、愛撫によって熟れ始めた襞がきゅうっと収縮し、まるで指に絡みつくような愛おしい感触をフェンリスは何度も愉しんでから抜いた。

「なぁテュール、最近のおまえは抱かれているとき、とてもいい顔をするようになった」

「う…嘘だ！　……っぁ。あ…ん。もう、そこは……やめて」

左の指先は、飽くことなく紅い乳頭を引っぱったりこねまわしたりを繰り返している。

「嘘じゃないさ。おまえがあんまり気持ちよさそうに抱かれているから……だから俺は、時々勘違いしそうになる。テュールがもしかして、俺を愛しているんじゃないかってな」

「そんなこと……」

「ないのはわかっている。もちろんわかっているさ。おまえが誰を愛しているのかなんてことはな。でも、俺はそれでいい。俺がおまえを愛しているからそれでいいんだ。たとえテュールに少しも愛されてなくてもな」

「それは……違う。なぁフェンリス、勘違い……しないでくれ。僕は、本当は……」

誰を愛している？　自分は今、なにを言おうとした？

これほど尽くしてくれるフェンリスに抱かれ続け、彼を本当に愛してなかったのか？

「テュール、おまえがこんなことをされているときに言うのはなんだが、俺は思う。ジーフリトを政務長会議に出席させるべきだな」

この場に相応しくない提言が、耳に寄せられた唇から囁かれた。

フェンリスは本当に潔くて度量の広い男だと、つくづく思い知る。

「そんなの……わかって、る」

言葉が途切れがちなのは、感じやすい秘部に再び指をくわえ込まされたせい。

「さぁ、俺もそろそろ限界だ。いい子だから、今ここでおまえを愛する許可をくれ」

ぬるい愛撫を断続的に与え続けられ、すでに肌も頬も上気しておかしくなりそうだった。

「でも……あぁ、そんなに…動かさないで。胸も、そこも。もう……お願い……」

「嘘をつけ。おまえの乳首は尖りきっているし、こっちも…もう、ぐずぐずになってるぞ」

「あぅ…ん！　そんなに……強く、しないで。は、ぁあっ」

呼吸に合わせて長い指がぐるりと柔肉を何度も引っ掻き、腰が揺らめくのを止められない。

挿れて欲しい。今すぐ濡れた孔を、熱いものでいっぱいに満たして揺さぶって欲しい。

「挿れてって言えよ。ほら、もう限界なんだろう？　言えないなら、もっと摘み取れるくらいまで乳首をカチカチにしてやろうか？」

「……そんなっ。だめ、だめっ」

抵抗はすでに弱い。

「嬉しいくせに、嘘つきな奴だ」

フェンリスの指が、肉襞のあちこちを試すように刺激しながら中を移動してこすりあげる。

潜らせた指が誰のものかを、テュールに意識させる意図を持ってのことだった。

「なぁテュール。今、おまえのすべてを支配しているのは誰だ？」

ゆるく首が横に振られるのをいらだたしく思ったフェンリスが、背後から細い顎を捕らえて顔をあげさせ、真っすぐ正面の植え込みあたりを向かせる。

「……ぁぁ。そこ！　そこは。だめぇ……」

ついに弱い前立腺を探りあてられた。フェンリスはわかっていて、わざと今まで焦らしていた。

「どこが、だめだって？　ここ……か？」

知ってるくせに。

「あ！　あぅん……ん！　ぅぁぁ……っ」

唇を噛んで声を殺そうとするが、壮絶な快感を享受しているためか顔が卑わいに歪む。

「欲しいんだろう？　おまえの可愛い声でねだってみろ。太いのを挿れてくださいってな」

もう、ここまで貶《おとし》められてしまえば、悔しいけれどテュールの完敗だった。

「…………ぁぁ……フェンリス……れて。お願い、挿れ、て」

「ふふ。いい子だな。でも、なにをだ？」

「うぅ……おまえは、最低…だ。なぁ、お願いだから。早く……僕の中に、きて」

高貴な皇太子の理性が、強引な獣の欲望に負かされる瞬間。

「でも、おまえはこの場所で抱かれるのは本意じゃないんだろう？」

「……もう、違う。もう違うんだ。お願い。今欲しい……ここで、欲しいっ」

「なにを欲しいか、俺はまだ聞いてないな」

「フェンリス……意地悪しないで。おまえの、これ……早く、中に挿れて欲しいんだ」

テュールの背後から、ずっと腰に押しつけられていた逞しい竿。それを怖々と握る。

「っ……いい子だな、テュール。どうだ？　今日の俺も立派だろう？」

「あ、あ……大きい。すごく太くて、大きい。お願い…早くして。早く中に挿ってきて！」

「悪いなテュール。残念だが今は無理だ。ここは別荘の庭で誰か来るかもしれないだろう」

これほどあおっておいて、フェンリスが自分をこのまま放りだす意図だと理解したテュールは、絶望的な目を背後の男に向けた。

「おまえっ……最低だ。僕に、ただ言わせたかったんだな。おまえを……欲しいって」

「そんなことはない、俺だって我慢している。ほら、だからちゃんとイかせてやるさ」

「あ、そんな！　……いやっ！　一人でイくのはいやだ！　それは…許して。あ、ぁぁあ」

なぶる目的ではなく射精を促すための的確な動きで、男はテュールを高みへと導いた。


それから半時ののち、再び静けさを取り戻した植樹の陰でジーフリトは後悔していた。

挑発的なフェンリスの発言に乗せられて、そのあとを密かに追ってしまったこと。

おそらく彼は意図的に、自分に今の衝撃的な光景を見せたのだろう。

テュールとフェンリスがどんな関係なのか、ジーフリトはこれまで少しも気づかなかった。

それを知った今になってわかったことは、ここから兄の痴態をのぞき見てしまったそのと

き、身体の中心が熱く変化してしまったという事実。

「ようやく気づいた。これまでわたしは、ずっと兄上様を敬愛していると思っていたが、それが本当はどんな種類の感情を隠していたのか。わたしは兄上様を……愛していたんだ」

山頂の別荘で茶を嗜《たしな》んだあと、ジーフリトは地質や水質を調べるために山頂の別荘に残ったが、テュールは元老院の長老との会合があって、フェンリスを伴って帰路についた。

だが、数人の近衛兵を伴って山道を馬でおりている途中に、日が暮れてしまった。

用心しながら隊列が深い谷に入ったとき、彼らは運悪く十数人の武装した集団に囲まれた。

「まずいな。テュール……いいか、なにがあっても俺のそばを離れるなよ」

フェンリスは緊迫した声でそう告げ、テュールを背後に隠してから腰の長剣を抜く。

「僕は女じゃないんだ。おまえこそ、僕のうしろにいろ」

「いいか、テュールの剣の腕は誰もが認めている。だがここで皇太子になにかあったら、近衛兵も含めて俺たちは全員、死罪を免れない。頼むから貴婦人みたいにおとなしく護られてくれ」

テュールの剣術の腕は周知の事実だったが、彼は次期国王だ。失うわけにはいかない。

「皇太子殿下、我々がこの命に代えても必ずお護りいたします！」

近衛兵たちがテュールを人垣の中に入れて取り囲むと、フェンリスが賊に向かって叫ぶ。

「おい！　おまえたちが何者かは知らないが、我々が王家の近衛兵と知っての狼藉か？　ならば、全員ここで命を落とすことになるぞ」

恐ろしい殺気を全身にまとう近衛兵隊隊長の攻撃的な言葉に、武装集団の男どもはしばし怯んだが、中心人物であろう覆面の男が目で合図を送った瞬間、一度に襲いかかってくる。

「皇太子のお命、頂戴する」

あっという間に、そこは激しい討ち合いの場となった。

優れた訓練を受けている近衛兵は最初こそ優勢だったが、数で勝る賊がやがて優位に転じる。

頭数では圧倒的に不利で、護衛の近衛兵たちは激しい討ち合いの末、全員が刺殺された。

残ったフェンリスとテュールは、張りつめた空気の中で背中を合わせて長剣を構える。

一対になった二人には、そのどこにも隙がなかった。

近衛兵との討ち合いで一桁にまで減った敵賊だったが、今度も一斉に斬りかかってくる。

それでも、二人は見事な剣捌きで、賊を一人二人と、次々に切り捨てていった。

少しの間に、賊はわずか数人になっていた。

「テュール、ここは早く終わらせて城に帰ろう」

「あぁ、そうだな」

あうんの呼吸で、今度は二人同時に先手をかける。

まるで舞うように軽やかな動きでテュールが剣を翻すと、その軌道上にいた二人の大男がゆらりと傾いで地面に倒れ込んだ。

その背後では、フェンリスに討ち取られた男が絶叫を残して仰向けに転がる。

次の一手を仕掛けようとテュールが残りの賊を目がけて一歩を踏み込んだとき、地面に倒れている賊に不意に足首を摑まれた。

「ぁっ！」

バランスを崩したテュールは地面に膝をついてしまい、その隙を相手は見逃さない。

一気に走り込んでくると、頭上で剣を高々と振りあげた。

テュールは己の長剣を前に翳《かざ》そうとしたが、間に合わなかった。

討たれる！

そう観念したとき、飛びだしてきた影がテュールを庇い、目の前で血しぶきが散った。

「フェンリス！」

テュールの尋常ではない叫びが、深い谷に木霊《こだま》をする。フェンリスは肩を斬られていた。

「おまえっ、どうして……僕なんかを庇ったんだ！」

「馬鹿言うな………いつも、言っているだろう。俺はおまえを護るためだけに生かされている。そんな顔をするな。おまえを護って逝《い》けるなら……俺は、本望だ」

「そんなのだめだ！　もしも僕を置いて死んだら、絶対におまえを許さないっ」

「あぁ悪い。今のはほんの戯れ言だ。俺が死ぬわけないだろう。勘弁してくれよ。肩を少しやられたくらいで死ぬと思うか？」

斬られた場所は致命的な部位ではないが、あふれる血の量からして傷はおそらく深い。

それを見たテュールは、フェンリスを失うかもしれないという恐怖に全身をさいなまれ、手足がガタガタと震えだすのを止められなくなる。

きっと肩の痛みは相当なものだろう。こんな状態で賊とまともに戦えるとは思えなかった。

だが、もう猶予はない。

態勢を整えて再び二人に詰め寄ってくる賊を前にし、すっかり戦意を喪失してしまった皇太子を、フェンリスは近くの大木の根元に引きずっていく。

「テュール、おまえはもういいから、ここにいろ。邪魔だ」

「いやだ。僕はフェンリスを護る！」

テュールを、その大きな背中で隠した彼の口から、ふぅ……とため息が漏れる。

「あと三人。奴らの相手は俺一人で充分だ。テュール、おとなしく護られていろよ」

「いやだ！　奴らの狙いは僕だ！」

賊はじわりじわりと間を詰めてくる。

「頼むから今は言うことを聞いてくれ。あのとき……おまえが西の砦で切りつけられたとき、俺はおまえを護れなかった自分をひどく悔いた。もうあんな思いは二度とご免なんだ」

「っ……！　でも、今度は油断なんかしない！　あのときは……っ！」

まだ言い募るテュールに業を煮やしたフェンリスは、仕方なく振り向きざまに一発、鳩尾に拳を入れた。

「うっ！」

呼吸ができなくなったテュールはそのまま大木の根に膝から崩れ落ち、意識まで遠くなる。

「すまないな」

テュールのうつろな目には、フェンリスの肩についた傷がざっくりと口を開けて血を流している様が映る。

「あぁ、僕のせいだ……フェンリス。フェンリス……おまえは馬鹿だ」

左側にいた賊の一人がなにかを叫びながら襲いかかってくると、フェンリスは素早く動いて袈裟懸けで男を切り捨てた。

血しぶきが切っ先から丸い玉になって散り、フェンリスの頬に返り血がかかる。

「俺は今、すこぶる機嫌が悪いんだ。俺を怒らせたこと、後悔させてやる！」

長剣をくっと逆手に握り直すと、彼は一気に走り込んでいって正面から男を串刺しにした。剣を抜きながら鮮やかに反転すると、最後に残った賊に見せつけるよう、刃についた血を舌で舐め取る。

その姿はさながら伝説の狼の化身、黒騎士のウルヴヘジンそのもので、殺気を帯びた雄々

しい姿になぜかテュールは心を奪われてしまう。

おそらく、意識が朦朧としているからそう感じるのかもしれない。

最後に生き残ったのは覆面の男で、どうやら賊のまとめ役らしい。

「さぁ、おまえが最後だ」

あとずさる男を一足飛びに追いつめると、フェンリスは男の頭上から剣を振り下ろす。

その一撃をかわそうと避けたとき、剣が男の耳の半分を削ぎ落とした。

断末魔のような悲鳴をあげた賊が踵《きびす》を返して脱兎のごとく逃げだしたが、その男のうなじにシュムドラ派の族長、セドムと同じトカゲの刺青があるのをテュールは見逃さなかった。

そこでようやくテュールは、意識を手放した。


深夜になって、テュールは本城の治癒室にある寝台で目を覚ました。

近くにいた薬師に開口一番フェンリスの無事を確かめると、思わず涙がこぼれる。

意識のない間に、フェンリスは傷ついた身体で自分を城まで連れ帰ってくれた。

彼は皇太子の守護としての役目を、まっとうしたようだ。

薬師には止められたが、テュールはケガを負ったフェンリスの部屋を訪れた。

「おい、もう泣くな。手当てはすんだから俺は大丈夫だ。血もずいぶん前に止まっている」

情事のとき以外では滅多に泣くことのないテュールが、寝台に座り込んでしゃくりあげる。

「フェンリスは……いつも、傷だらけだ」

「そうかもな。でも、おまえにケガ一つなかったんだから俺はそれでいい」

彼はいつも命を賭《と》してテュールを護るのに、自らの命は少しも大切にしようとしない。

「どうしておまえはそうなんだ！　僕のことになると平気で無茶なことをする！」

「おいおい、無茶はおまえだろう？　それに今度のは無茶じゃない。おまえが俺の隣に無事でこうしていてくれるんだから、俺は今、最高に満足している」

白い包帯が痛々しい彼の肩から腕を癒すように撫でながら、テュールはまた涙をこぼす。

「もうケガなんかして欲しくないんだ。おまえの身体にはいくつも傷が残っている。そのすべてが僕を護るためについたもので……本当にすまないフェンリス。いつも僕のために…」

「だから、おまえのためなら命を落としても本望だと何度も言っているだろう」

「でもなぜなんだ？　僕は弱くて情けなくて、少しも完璧な人間じゃない。僕はおまえに護られる価値などないんだ。それなのに、おまえはどうしてこんな僕のことを…」

「愛しているのか……って？」

テュールの考えなど、彼はなんでもお見通しらしい。

「なぁテュール、では訊くが、おまえは……いつも完全無欠な奴を好きになるのか？　少なくとも俺はそうじゃない。人はときに脆《もろ》くて情けなくて……でも、だからそばにいたい。癒して支えたいと思うんだ。俺にとっては、それが愛するってことの定義だ」

「フェンリス……」

彼の答えはテュールにとって相当意外で、まるで強く頬を張られたような気分だった。

「それから、テュールの存在がどれだけ俺を幸せにしているのかを知っているか？　俺にとって、この世におまえという存在があってそばにいてくれるなら、それだけでもうなにもいらない。俺の方こそ、いつもそばに置いてくれて感謝している」

彼の言葉は優しくて感動的で、テュールの胸を日だまりのように優しく温める。

優しい気持ちに包まれながら、テュールは今の自分にも、彼の定義をあてはめてみた。

遠い子供の頃を思い返してみても、ジーフリトは実にパーフェクトな人物だった。

学問も武術もそのすべてをそつなくこなし、人づき合いも上手で統率力もある、そんな非の打ち所のない彼。

もしかして、自分はジーフリトにただ憧憬の念を抱いていただけなのだろうか？

だって今までも、辛いときに必ず寄り添って近くにいてくれたのはフェンリスだった。

では、これからもずっとそばにいて欲しいのは誰なのか……？

答えは自ずと導かれた。

「フェンリス、僕はようやくわかった」

遠まわりをしたが、こんなにもフェンリスを愛していると。

「ん？　なにが、わかったんだ？」

「……なぁ、それよりも。しよう……今すぐ」

「おい、いや…その提案はこの上なく嬉しいが、さすがの俺も今夜はあまり動けない」

「うん。見ればわかる」

テュールの声が甘くかすれている。

「だから、今夜は全部僕がする。僕がいっぱい動くから」

「……ならば、俺の答えは決まっている。でもテュール。ケガ人には手加減してくれよ」

フェンリスが秘めやかに笑った。

「わかってる。そうする」

「だったら、今夜はおまえが俺の腰の上に跨って、デカいのを挿れて動くんだぞ。いいな」

「わかってるよ！　そんなの口に出すな」

テュールの頬が羞恥に染まっていて、フェンリスはそれを目を細めて愛しげに見つめた。

「さぁ、来いよ」

フェンリスは、まるで挑むように勇猛に手を差しだした。

寝台の軋む音がようやくやんでしばらく経《た》ったが、まだ部屋の空気は淫らに湿っている。

テュールはフェンリスの隣に横たわって、彼の貌を眺めていた。

今夜、改めてフェンリスが眉目秀麗な美丈夫だと思った。

いつも近くにいたが、これほど心臓が早くなるなんて初めてのことだ。

「今夜のフェンリスは、なんだかいつもと違うみたいだった」

「あぁそうだ。俺だって愛されてみたい。嘘でもおまえが俺を求めている姿を見たいんだ。かわいそうだろう？　本当はおまえに愛されていないんだから、俺を好きな演技くらいしてみせてくれ」

いつもの軽口だったが、今夜のテュールの胸には切なく響いた。

「フェンリス、違うんだ。そうじゃない」

「いいんだ。俺を慰めようとして、下手な嘘はつくな。逆に惨めな気分になる」

「なぁ聞けよ！　さっき、おまえが俺を庇って賊に斬られたとき、本当に怖くて動けなくなった。おまえが死んでしまったら僕も生きていけないと本気で思ったから。僕は……」

「なんだ？　早く言ってくれ」

フェンリスの瞳が期待を含んで煌めく。

テュールはようやく気づいた。いつも自分を護り支え、優しく包んでくれる大事な存在。

「僕はおまえを絶対に失えない。フェンリス、僕はおまえが好きなんだ。愛している」

真摯に訴えたテュールは、きっとフェンリスに抱きしめてもらえると思っていたが…。

「嘘だ。そんなこと信じない。ああわかった。それはジーフリトの次にって意味だな？」

「あいつは関係ない。僕はおまえを愛しているんだ」

「それは錯覚じゃないのか？」

「フェンリスっ！」

とうとうテュールは怒りだした。

「あぁすまない。でも、あまりにもうまい話だからにわかには信じられないんだ。おまえにとって、俺はずっと、単に欲望を解消するための、セックスするだけの相手だったから」

「フェンリスっ！」

彼の傷は深く、その心はすっかり凍りついている。痛みさえ感じなくなるくらい。

どうやったらそれを温めて癒して、凍えた心を溶かせるのだろう。

テュールは切なく…たまらなくなって、痛みすら感じられない哀れな男を抱きしめる。

「信じて。僕はおまえを愛してる。もうずっと愛している。ただ、気づかなかっただけだ」

「なぁテュール、おまえにとってそれは優しい嘘かもしれないが、俺には残酷な嘘だ」

「嘘じゃない！」

「……人をこれ以上傷つけるのは、罪じゃないのか？」

「フェンリス！　フェンリス。もうやめろ」

「俺はテュールのためならなんだってしてやる。命だって惜しくない。おまえに愛されてなくてもいい。俺がおまえを愛している」

「信じて、誓うから。僕はフェンリスのものだから。一生おまえのものだから」

「テュール……」

「愛してる。フェンリス」

今はこの想いは届かなくても、きっといつか信じさせてみせる。

テュールは哀しい男を愛しげに抱きしめた。

4

事件は、それから十数日が経った頃に起こった。

テュールが政務室で、たくさんの資料や報告書に目を通していたときだ。

王妃の補佐官が、ノックもせずに飛び込んでくる。

尋常ではないその形相に、なにか重大なことが起こったとテュールは感じ取った。

「どうした？」

「皇太子。王妃様が！　王妃様がっ！」

彼が次に発した言葉を聞き、テュールはその場に膝から崩れ落ちる。

それは、先王が亡くなって以来の重大事件だったからだ。

テュールの母、タラトスク王妃が暗殺の危機にさらされた。

王妃は朝の食事をとったあと、身のまわりのことを侍女にさせていた。そのとき、目のかすみを訴えたあとに意識を失い、昏睡状態に陥ったそうだ。

すぐに薬師たちが身辺を調べ、王妃は何者かに毒を盛られた可能性があると示唆した。

王家の食事には常時、毒味役が入るので、食物以外の品から毒物が体内に摂取された線が濃厚だった。

テュールは直ちに優秀な薬師と近衛兵を選抜し、暗殺未遂事件の調査班を発足させた。

翌日に報告された調査内容によると、毒は王妃が普段使っている歯刷子から見つかった。

王妃は食事のあと、いつものように歯刷子で口の中の手入れをしていたが、その直後に体調不良を訴えて失神し、高熱と痙攣をひきおこしたという。

その後、王妃はしばらく危険な状態にあったが、薬師たちの懸命な処置と、解毒作用を持つ複数の薬草の処方が功を奏し、今は命の危機だけは脱した。それでもまだ、予断を許さない状況ではある。

その上毒による作用のせいで言語に障害が出たり意識が混濁している状態で、完治するのは難しいらしく、脳にも障害が残ると薬師たちは診断した。

もし、毒に対する解毒剤があれば、症状はここまで悪化せずにすんだはずだ。

テュールはひどく悲しんだが、その悲しみを犯人を捕まえることへの決意に変えて、調査を強化することに力を入れていた。

だが、ほどなくして王族やテュール支持派の者の間から、第二夫人ヘルム妃が暗殺に関わっているのではないかという疑惑が持ちあがった。

でも、テュールは別の見解を持っていた。

犯人はおそらく、農園の視察の帰りに自分たちを襲った賊の一味ではないかと。

あのとき、連中は皇太子の暗殺を目的として襲ってきた。

今度はその標的が王妃になったことで犯人の目的が現国王代理と、次期国王の暗殺だということがわかる。

そうなると、あの日、皇太子の行動予定を知っていた本城の王室付近の従者の中に、奴らへ情報を流した者がいることは間違いない。テュールは密かにスパイの捜索を行うよう命じた。

離宮にいたまだ体調の思わしくないジーフリトの母、ヘルム妃が皇太子の予定など知るはずもなく、関わっている可能性はとても低い。

とはいえ、ヘルム妃がスパイを本城に潜り込ませているという疑いも残っている。テュールたちが賊に襲われたとき、ジーフリトが別行動だったことも引っかかっていた。

そして、テュールが最も気にかけているのは、フェンリスにケガを負わせて逃亡した賊の残党のことだ。男のうなじにあった、トカゲの刺青。

あれは、シュムドラ派のセドム首長の首にあったトカゲの刺青と同じだった。西の砦では、セドムの長男を捕らえることはできなかったが、もし逃げた男がそうだったら……。

だとすると、すべてが一本の線で繋がる。

今このときも王妃と皇太子の暗殺を企《たくら》んでいるのは、国家に反逆するシュムドラ派の残党だろう。

テュールは犯人を特定するための方法は一つだと考えた。王妃の歯刷子に塗られた毒と、以前、自分が西の砦でセドムに斬りつけられたとき、短刀に塗られていた毒とを比較させること。理由は、薬師から聞いた王妃の病状が自分のそれと似ていたからだ。幸い、西の砦で、ジーフリトは解毒剤だけでなく、毒そのものも入手して持ち帰っていた。

そしてテュールは今、エリュイド山で自分たちを襲ったトカゲの刺青の男を捜させている。その者は、フェンリスの剣によって片耳の半分が失われているはずだ。

シュムドラ派の残党が犯人だという証拠は、その後、二つの事件の毒を調べた結果からも明白となった。

さらには西の砦でジーフリトが入手した解毒剤が、どちらの事件の毒に対しても効果があったことも、なによりの証拠だった。

もっと早くわかっていて、王妃に解毒剤を飲ませていたら、症状はもっと軽かっただろう。

あとは首謀者と実行犯そしてスパイを捕まえるだけ。

テュールはトカゲの刺青の男を指名手配する方法も考えたが、犯人の顔はわかっていない上、うなじの刺青はショールなどで簡単に隠すことができる。

だから、事件の調査対象がトカゲの刺青の男だということは極秘とした。それを公表してしまえば敵の動きを封じることになり解決からは遠ざかると思ったからだ。

主犯をあぶりだして捕らえるには、隠密の捜査が不可欠だった。

それゆえ、日に日にヘルム妃を疑う声が高まってきていることに対し、その疑惑を晴らすことができない。

テュールはそんな苦しいジレンマを抱えていた。

やがて疑惑の対象はジーフリトまでに及び、本城の調査班を離宮に聴取に向かわせなければ収まりがつかないほどになっていた。

そこでテュールは調査班の誰かを聴取に向かわせるのではなく、自らが離宮へ出向くことを決めた。理由はただ、王妃暗殺の嫌疑をかけられたヘルム妃と、ジーフリトに敬意を表してのことだ。

もちろん捜査は極秘で行われているため、ヘルム妃にもジーフリトにも詳細は話せない。嫌疑をかけられて苦しんでいるであろう彼らに、捜査の状況を伝えることもできないのに、どうやって話をしよう。

テュールは、彼らを苦しめているのが自分の判断のせいだと思うと、たまらなかった。

翌日の夕刻、ヘルム妃を聴取するため、テュールは数人の近衛兵を連れてヘルム妃の居城であるラドヴィス山の離宮まで馬を走らせる。

今日、フェンリスが同行していないのはテュールの指示だった。

王室の近衛兵隊隊長であるフェンリスは、ケガが癒えて間もないが、トカゲの刺青の男を捜索するために今日も奔走しているからだ。

テュールは二人を信じているが、フェンリスは今回の王妃暗殺計画にヘルム妃とジーフリトが荷担しているかもしれないという疑念を持っている。

だからテュールが離宮を訪ねると知れば、きっと向こうで面倒なことになると思ったテュールは、護衛役である彼には行き先を告げずに離宮に出向いた。

往路の途中、テュールはジーフリトのことを考えていた。

母親に王妃殺害の嫌疑がかかっていることはおそらくは彼の耳に入っているだろうが、そのことを聴取するために自分が訪れたことを知れば、彼はきっと動揺し傷つくだろう。

第二妃であるヘルム妃の人となりは、テュールもよく知っているつもりだ。

人を陥れたり、ましてや暗殺を計画するなどを、指示できるような人物ではない。

でも、そう考える自分を、フェンリスはまた甘いと言うだろうか。

だがここしばらく、ジーフリトは明らかにテュールを避けている。

理由はおそらく、王族側が第二妃に対し王妃暗殺の疑惑を持っていると知ったからだろう。

先日から、ジーフリトはずっと多忙ではあった。

エリユイド山の泉湖水を平地に運搬するリフトを設計し、それを設営する山地の開拓も手がけていたからだ。

そのすべては順調に進んでいて、本当はジーフリトに対して感謝の気持ちでいっぱいだったのに、彼は自分と遭《あ》わないように避けているとしか思えない。

それとも、まさか本当に彼らは事件になにかしら関わっているというのだろうか？

いや、そんなことはあり得ない。

そんな複雑な思いを抱えながら、離宮を訪れたテュールは、すぐにジーフリトの居室に案内された。

彼は窓際に立って日が暮れていく空を眺めていたが、テュールが部屋に入るとあわてて振り返った。まるで、今まで考え事にふけっていたように見える。

その様子は、テュールにわずかばかりの疑惑を持たせた。

テュールが近づくと、ジーフリトは跪いて礼儀正しく礼をする。

「ジーフリト………」

どうやって話を切りだそうか迷っていると、その空気に耐えきれないようにジーフリトが口火を切った。

「兄上様。わたしも母上も、王妃様の暗殺などには一切関わっておりません」

彼は真剣で、もちろんその言葉を信じている。信じたい。でも、これはあくまでも調査だ。自分は今、彼の兄という立場ではなく、聴取という名目でここを訪れている。

「……ジーフリト、今からヘルム妃にお話をうかがいたい」

「兄上様……まさか、本気で疑っているのですか？　だから兄上様御自らがお出でになったと？　しかし、どうしてわたしの母が王妃様の暗殺などを企てるでしょう？」

「王位継承のことで、いろいろと周囲がざわついているのはおまえも知っているだろう？」

今は第一皇子であるテュールが王位継承権を得る第一候補だが、王妃の政策に反対する者も多く、最近は第二皇子を次期国王にという派閥が権力を増大させてきているのも事実。

「それは……残念ながら、わたしどもの周りでそういう声があるのは存じております。ですが、わたしも母上もそのような考えなど一切ありません。もちろん今度の事件にも無関係です」

それが本当なら、最近のジーフリトの自分に対する態度が腑に落ちない。

「では訊くが、どうしてこの頃、僕を避けていた？　おまえはエリュイド山に視察に行った日から、ずっと僕を避けているじゃないか？　やはり、うしろ暗いことがあるからなのか？」

「兄上様……あぁ、本気で疑っているのですね？　これは形式的な取り調べではなく、本当に聴取なんですね？」

ジーフリトが受けた衝撃の大きさが伝わってきて、テュールはいたたまれなくなる。

悲愴《ひそう》な顔でうなだれるジーフリトの頰を無意識に撫でてしまうと、その手を強く払われた。

「なぜ、わたしが兄上様を避けているか……その本当の理由をお知りになりたいですか？」

ジーフリトの瞳が尋常ではないほど危ない色を宿して、思わず一歩後退する。

「……ジーフリト」

「見たんです」

「なに…を？」

「見たくなかった。でも……わたしは」

「だから、なにをだ！」

ジーフリトは今しがた払いのけたばかりのテュールの手を取り、今度は愛おしげに握る。

「兄上様と、そしてフェンリスが……エリュイド山の別荘の中庭で、なにをしていたか」

驚愕の表情でテュールが相手を見あげる。

「見たって……なにを」

声が震える。

「兄上様は残酷だ。それを、わたしにここで言えというのですか？」

「……いい。もういい！」

あのとき、ハーブを摘みに茶の席を外したテュールをフェンリスが追ってきて、好き勝手に身体をなぶられた。

巧みな愛撫に我慢が利かずにさらしてしまった痴態を、他でもないジーフリトに見られていたなんて。

今になって思い返せば、たしかに植え込みのあたりで人の気配を感じていた。

どう言い訳しても、もう隠せないとわかっているから、テュールはいきなり踵を返した。

「城に戻る！」

あまりにいたたまれず、公的な理由で訪問したという己の立場をすっかり忘れている。

「兄上様！　待って」

とっさに強く摑まれた手首は、悲鳴をあげるほど痛かった。

「おまえっ。痛いっ……ジーフリト！　放せ！」

「兄上様、兄上様っ！」

逃げようと躍起になるテュールを、ジーフリトはその手首を摑んで易々と引き止める。

「なにをするっ！」

「なぜです？　なぜなんです？」

「放せ！　ジーフリト！」

「暴れないで。おとなしくして。ひどいことを、されたくないでしょう？」

摑まれた手首に変な角度で力が加わった。

――折れる。そう思うほど容赦ない痛みが走る。

「痛い……あぁ……お願い、放して……ジーフリト」

「……兄上様」

痛みにうわずった喘ぎ声を間近に聞いて、ジーフリトの表情はなぜか恍惚としていた。

「わたしは今、気づきました。簡単なんですね。こうやって、腕力に物をいわせて兄上様を屈服させるのは」

「放せ。おまえっ……なんのつもりだ！」

「いやです放しません。放して欲しいなら、正直に答えて。なぜなのか」

「な、にが？」

「どうしてフェンリスにあんなことを許すのです？　わたしはこれまで、兄上様に……あのように触れたことなど、一度もなかった……いつからです？」

「ジーフリト……」

「兄上様とフェンリスが、普通の主従より密接な関係だということは知っています」

テュールが短刀の毒に倒れたとき、フェンリスは口移しで平然と水や解毒剤を飲ませた。

「でも、それ以上の関係があるとしたら。まさか…それが真実なら、なんて穢らわしい！」

「違う！」

「でも兄上様、その穢らわしいことを、わたしも、わたしも兄上様に……」

ジーフリトは思い余ったようにテュールの顎を摑むと、相手が逃げたり文句を言う隙も与えず、その唇を強引に奪った。

「んっ………ぅんん！」

いきなりの激しい口づけに、テュールは驚いて戸惑って動けなくなる。

「それから……フェンリスはこうやって、兄上様の……肌を」

大きな掌が、テュールの上衣の合わせ目から忍び込んでくる。

「あ！　よせっ」

「こんなふうに、まるで自分の所有物のように、あちこちを執拗《しつよう》にさわっていた」

テュールの肌がぶるっと震える。

「いやっ……」

「あのときも同じようにいやだと言っていましたね。でも、身体は悦んでいた？　教えてください。いつもフェンリスと、どんなことをするのです？　男同士で一体なにを？　わたしは男色ではありませんが、でも……兄上様が相手なら……」

「ジーフリト！」

「これまで、あなたを敬愛してきた。でも気づいたんです。兄上様に対し、わたしが本当はどんな想いを抱いているのか。フェンリスと兄上様の……あんな場面を見て、ようやくわかりました。わたしは………兄上様を、心から愛している」

「ぁ……おまえは、そんなこと…言うな！　もう放せ。頼むからっ」

藻掻く力は哀しいまでに弱く、ジーフリトはあの日フェンリスがしていたようにテュールの胸や脇腹を撫でまわし、やがて小さな胸の尖りを探りあてると指の腹でくりくりと転がした。

「ぁ！　いやぁ……ぁぅっ」

愛撫に馴《な》らされた身体は官能に対してひどく従順で、甘い声は容易に鼻腔から漏れる。

「ああ、兄上様……兄上様」

興奮してうわずったジーフリトの声など、テュールが初めて聞くものだった。

密着している二人の肌が、同じ速度で温度を高めていく。

「なぁ、ジーフリト放して！　本当に、もう……こんなこと、だめだ」

「わたしはようやく気づいたのに……兄上様を、心から愛していると……それなのに、あなたはわたしと母に、暗殺の嫌疑をかけるのですね？」

テュールには、反則技のように思えた。

まるで弱みを握られているように、それを持ちだされたらなにも言えなくなる。

「ジーフリト……許してくれ。これにはわけが……」

「ひどい人です。この上許せですって？　許して欲しいなら、彼に…フェンリスにさせていたのと同じことをわたしにもさせてください。男同士でもできるのでしょう？」

「……な、なにが？」

「白々しいですね。セックスに決まっています。フェンリスに許したのなら、わたしにも許してください！　わたしだって知識くらいはあります。同性がどこで交わるのかも知っている。ここ……でしょう？」

背後にまわったジーフリトの手が服の上から尾てい骨のあたりを撫で、そのまま尻の割れ目に沿って落ちていくと、ぞろっとそこを撫でた。

「ぁっ」

驚いたテュールは、本気で相手の頬を張った。

ぱんと乾いた音がして、まるで今、目が覚めたような顔のジーフリトが見下ろしている。

「あ、ぁ、すみません……兄上様。わたしは、どうかしていた。お許しください……」

ひどく感傷的な目をしたジーフリトは、許しを乞いながらテュールを解放した。

そのまま背中を向けて一人出ていこうとするのを、テュールはとっさに呼び止めてしまう。

「待て！　おまえ、どこへ行く？」

「わかるでしょう？　兄上様も男なら。わたしの身体の火照りを鎮めて慰めてくれるだけの侍女なら、この離宮にも何人かいますから」

ジーフリトのそんな生々しい言い訳を聞いて、テュールは大いに傷ついた。

立派な成人である弟にそういう関係の女性がいないとは思ってなかったが、こうやって実際言葉にされると胸が痛い。

「待って！　頼むから。ジーフリト！」

そのとき、テュールの脳裏にはジーフリトを引き留めたいという一心しかなかった。

さっきは拒絶しておいて、身勝手だと言われれば否定できないだろう。

ジーフリトはまるでなにかを待つように、扉のそばに立ちつくしてこちらを見ている。

ずっと、ジーフリトを愛してきた。

彼はどんなときも皇太子であるテュールを立て、一歩下がって優しく見守ってくれた。

それなのに、自分は彼らに王妃殺しの嫌疑をかけ、さらには幼なじみのフェンリスとの関係を知られてしまうことで深く傷つけた。

哀れで痛ましいジーフリト。

「……行くなよ」

身勝手は承知の上。

「なぜ？　あなたは本当に残酷な人ですね。兄上様はわたしのものになどならないのに、わたしの自由さえ奪うおつもりですか？」

「行くな！　僕が行くなと命じている。女のところになんて行くな！　僕に従えないのか」

テュールは彼のそばに駆け寄って、両手でその腕を摑んだ。

「では、兄上様が、わたしを慰めてくださるのですか？」

今ならわかる。それは彼の本気の問いだった。

「ジーフリト、でも……」

「迷っているくらいなら、今すぐ手を放してください。放さなければ、わたしは今から力ずくでもあなたを抱いて、もう一生、兄上様を放さない」

あまりに重大なことを告げられ、驚いたテュールは思わず手を放してしまう。

その瞬間、打って変わって今度は悲愴な声が懇願した。

「あぁ……兄上様。放さないで！」

さきほどとは、真逆の言葉が浴びせられる。

困惑したテュールは、浅い息を吐きながら相手の目を見て真意を探る。

こんな近くに、涙で潤んだ綺麗な瞳があった。

テュールが知る限り、今までのジーフリトは常に優等生だった。

知的で紳士的で誠実で慈悲深い自慢の弟に、幼少の頃からずっと憧憬の念を抱いてきた。

やがて、テュールは自分でも気づかないうちに、彼に恋をしていた。

でも今は？　今……自分はもう、フェンリスの手を取ってしまった。

「ごめん……ジーフリト。僕が、悪かった」

彼が女性に慰めを求めるのを止める権利などまったくない。

冷静さを取り戻すためにテュールが身を引こうとすると、ジーフリトの瞳から一筋の涙がこぼれた。

「兄上様。わたしの愛おしい御方。どうかわたしの手を放さないで。お願いです」

求めるように、差しのべられる綺麗な手。

「もしも、兄上様にお慈悲のお心があるのなら、わたしを受け入れてください」

その涙に、テュールの心はゆらゆら揺らぐ。

綺麗な碧い瞳からは、涙が水の粒となっていくつもこぼれた。

彼をこれほど悲しませているのは自分だという罪の意識が、テュールの中でふくれあがる。

「見捨てないでください！　わたしはあなたに永劫の忠誠を誓います。だからどうか……わたしの愛しい兄上様」

いつも凛々しい彼のこんな弱りきった姿が胸を打ち、テュールの心はついに折れてしまう。

「僕はおまえを見捨てたりなんかしない」

「では、では……わたしを少しでも哀れだとお思いになるのなら、どうか、わたしを捨てないで……この手を取ってください」

迷いに揺れながらも、結局はジーフリトを跳ねつけることなんてできなかった。

「ジーフリト……僕は」

「兄上様。わたしを捨てないで、お願いです。捨てないでください……」

「わかってる！　そんなこと、するわけがない！」

ためらいながらも、テュールはついに彼の手を取ってしまった。

次の瞬間、嵐《あらし》のような抱擁に見舞われる。

「ぁっ……！」

「あぁ……。兄上様が悪いのです。わたしはいつも忠告しました。国王となられるのなら、どんなときも情に流されてはいけないと」

今までとは打って変わって頑なで強固な口調。

「今、あなたがわたしの手を取ったんです。どうか、その事実を覚えておいてください」

テュールは目を閉じることで感情を隠蔽《いんぺい》したまま、ジーフリトの腕に身を委《ゆだ》ねる。

「約束です。わたしを………兄上様のこの身体で慰めてください」

「……わかった。でも、忘れないで欲しい。それは今夜、一度きりのことだと」

「一度きり？　それは……なぜです？」

「僕は……」

言い淀《よど》んだテュールに対し、ジーフリトがその先を継ぐ。

「フェンリスを……愛しておいでだから、ですか？」

ジーフリトの瞳に暗い影が落ちる。それは嫉妬という名の影。

「そうだ。僕はフェンリスを愛している。だから、おまえとは今夜、一度だけなら……」

「ええ…ええ、かまいません。たとえ同情でも兄上様をこの手で抱けるなら、なんでもいい」

「それから、今夜は全部……僕がする。だから……おまえはなにもしなくていいから」

「兄上様。わたしが同性との性交のことをなにも知らないとでも？」

「おまえ…まさか、経験があるのか？」

「それはありません。でも、さきほども言いましたが知識はあります」

「だめだ。僕は僕の意志でおまえに抱かれるんだ。それでないと意味がない」

「フェンリスのために？」

「違う。自分に言い訳をしないためにだ。僕が傷ついたおまえを慰めてやる。だから、主導権は僕が握る。さぁ」

「かまいません。では一度だけ……兄上様のすべてで、わたしを愛してください」

誘われた寝室で、テュールは意を決して自ら上衣と靴を脱ぎ、寝台の上に乗った。

「来いよ」

「……兄上様。あぁ……めまいが…します」

手招きをしてジーフリトも寝台にあげると、テュールは彼の服を脱がしにかかる。

見事に隆起した胸筋とそこから下肢に続く固い腹筋、くっきりと浮きでた上腕筋。

布を一枚ずつ取り去っていくと、徐々に彼の逞しい素肌があらわになっていき、テュールは視覚だけで興奮してしまう自分を抑えられなかった。

それは相手も同じようで、不意にキスを求められてしまったが、だめだと突っぱねる。

「どうして？　口づけも許されないなんて、あまりに哀しすぎます」

「……あぁ、すまない。そう、だな。うん……わかった。いいよ」

互いに全裸になってから、テュールは自らリードしてジーフリトに口づける。

すぐに逞しい腕が腰に強く絡みついてきて、まるで拘束されている気分になった。

やがてキスが深くなり、皮膚が密着する温かい感触はエロティックでめまいさえ起こった。

舌が吸いつくように深い口腔で絡まり、唾液が混ざってどちらのものかわからなくなる。

浅く荒い呼吸を繰り返すたび、押しつけられているジーフリトの股間《こかん》が灼熱《しやくねつ》のように熱く硬く形状を変えていくのを感じた。

「あぁ、兄上様……わたしはもう、待てません。あなたにさわって、そのすべてを愛したい」

興奮した弟に腕を摑んで押し倒されそうになるのを、テュールがあわてて牽制《けんせい》する。

「だめだって。おまえは、動くな」

「っ…では、次はどうしたらいいのです？　なにか、必要なものがありますか？」

「……だったら。香油のようなものが欲しい……」

自らそういうものを要求するのはひどく恥ずかしくて、目も合わせられなかった。

「それが潤滑剤という意味でならアブラ菜のオイルはいかがでしょう？　肌に使うものですが」

「いいよそれで。ほら、貸して……自分でやるから」

寝台の脇に置かれていたオイルを受け取ると、テュールは自ら敷布の上にうつ伏せに這って、指に垂らしたそれで男を受け入れる箇所を濡らし始める。

なにも感じず、淡々と作業しているように見せかけなければ、羞恥で気絶しそうだった。

「う……ぁっ………んぅ」

「兄上様……なんて、麗しい」

驚きと好奇、そして色濃い欲の混合した粘っこい視線がテュールの肌に絡みつく。

「み…見る…なよ！　あっちを…向いてろ」

「……すみません」

時間をかけて含ませた指を、内部で広げる作業を繰り返していると、呼気が短く乱れた。

いつもはフェンリスが丁寧に、そして意地悪にしてくれる行為だから、とても辛い。

「っ……んぅ」

ジーフリトは初めて間近で見る兄の媚態を、驚嘆と恍惚の混ざった目で見つめる。

「お辛いのですね？　兄上様、わたしにどうして欲しいのです？　おっしゃって……」

すでにジーフリトの欲望が完全に勃ちあがっているのを目視して、テュールは命じた。

「っ……仰向けに…横になって。早く」

「わかりました。こう……ですね？」

テュールはあくまで興奮していることを見せないようにして、彼の逞しい腰の上に跨る。

「あぁ……兄上様！　わたしにもこの手で兄上様をさわらせてください。どうかお願いです」

「だめだっ」

テュールが跨いだ体勢のまま、もう一度念入りに自らの孔を広げている最中、ジーフリトは我慢ができずに、胸の上に小さく咲いた花芽をきゅっと摘む。

「あ…ぁん！　だめ……だ。さわったら……だめ」

芯《しん》を持った乳首を指の腹で押しつぶし、指先でつまんだまま引っぱって、くりくりこねまわした。

「ぁんっ……よせ！　んぅ……っ」

「いい声ですね……でも、知らなかった。男でも、ここが感じるのですね」

「そこは……だめなんだ。あぁ、さわる…な。もう、やん……ぁ、あぅん！」

乳首を丹念にいじくられ快感に身を委ね始めたテュールが、自らの孔を抽送する指の動きを速める。

「あぁ……フェンリス！　早く、中に挿れて。もう……我慢、できないからっ」

思わず恋人の名を呼んで要求を告げてしまったあと、はっと相手の顔を見る。

「そうやって誘うんですね？　彼を。わたしは、醜い嫉妬でフェンリスを殺してしまいそうだ」

「僕の……フェンリスになにかしたら、ゆ…許さないっ」

「兄上様。そんな残酷なことをおっしゃる余裕があるようですね。ではわたしも……さぁ」

くちゅくちゅという卑わいな粘着音に誘われ、ジーフリトも手を伸ばして濡れた孔に触れる。

沈んでいるテュールの指に沿わせるようにして、自らの指も奥深くに埋め込んでいった。

「うぁぁ……っ。いやぁぁっ……あん、あぁ……やだ、動かしたらやだっ……んぁ、あ」

「兄上様の……ここは、なんてやわらかい……どうか、わたしにもっとさせてください」

「だめ、だめっ……自分でやるから。おまえはもう抜いて。挿ってきちゃ、だめだからっ」

いけないことだと思うほどに倒錯的な気分に陥り、逆にそれは激しい興奮材料となって二人を禁断の奈落へと導いていく。

ジーフリトの指が肉襞を掻きまわすたびに腰が揺れ、雄の先端からはとろとろヨダレが垂れた。

「兄上様。あなたは本当にいやらしい……そして、魅惑的です」

「あうぅ……ぁぁん。そこ、そんなにこすら…ないで。だめ……だめぇ……そこは、だめっ」

「ここがいいんでしょう？　こんなにやわらかくなって。早くわたしを中に挿れてくださ
い」

「で、も。あぁ………まだ……もう少しだけ待って。お願い…だから。待って」

恋人を裏切った自分の所業を、きっと後悔するに違いない。でも……今さらもう遅い。

「どうか、兄上様。今は誰のことも考えないで。それに…わたしはもう待てません」

ジーフリトは細い腰を両手で摑み、いきり勃った雄の上に開いた口を定めて突きあてる。

「待って、待って！　だったら、僕が……自分で、するから」

「……えぇ、そうですね。約束でしたから…わかりました」

「……っ！　ぅぁ」

逞しい腹筋に両手をついて身体を支えると、テュールは少しずつ腰を下ろしながらゆっく
り怒張を飲み込んでいく。

それは容易ではなく、立派に張りだしたエラをようやく越える頃には、全身から汗が噴き
出して息が上手く継げなくなった。

「兄上様。残酷なようですが、その位置じゃあ、まだ半分も挿っていませんよ」

「わかってるよ！　ただ、少し休んでいるだけだ。おまえは、だ…黙ってろっ」

ジーフリトの浮きでた腹筋に手をついて体重を支えている姿勢は辛くて、足だけでなくぴ

んと張った腕まで細かく震えてくる。

「早く、もう待ちきれません。兄上様………ほら、あなたの中がわたしを締めつけてくる」

こんな中途半端な状態で止められては、ジーフリトも辛い。

「ぅ……待って。ゆっくり……挿れる、からぁ」

だが、とうとう我慢の利かなくなったジーフリトが、待ちきれずに腰をぐっと突きあげた瞬間、喉を裂くような悲鳴があがった。

「いやぁぁっ」

一気に最奥まで穿たれ、苦しそうなテュールは腕の力でまた腰を持ちあげて逃げようとするが、

「離れないで！　だめです。わたしの上に、ちゃんと座っていなさい」

力で阻止される。さらに我慢の利かないジーフリトは、一気に上体を起きあがらせた。

「あぁ……んっ！」

腰を抱え直されて角度が変わり、深く突き刺さった雄がイイところをこすりあげる。

あせったテュールは相手の強靱な胸を両手で突いて、うしろに距離を取ろうと躍起になった。

だがジーフリトは抗《あらが》うテュールの両手首を摑み、背後にまわして片手でひとまとめに摑む。

背筋が伸び、身体が反って深々とジーフリトの腰の上に座り込んだ瞬間、我が身の一番奥

が収縮して雄を包み込み、熱い塊の大きさと形までを知らしめられた。

「や、いぁ……あぁっ！　そんな、大きいのは、だめ……だめ…」

まだ逃げようと無駄に藻掻くのを許さず、ほっそりとした腰に腕をまわして今度は二、三度、強めに突きあげる。

「いやぁ、待って、まだ……ぁぁ」

ジーフリトは、腰を甘く揺すりあげながら歯を食いしばる。

「くっ……」

熟れた内側にある柔肉の襞がざわりと蠢いて締めつけ、それにひどく興奮させられた。

「ぁあ……待って……フェンリス……お願いだから、いつもみたいに……優しく、して」

無意識にその名を聞くのは今夜は二度目で、ジーフリトの表情が明確な殺意を持って歪む。

「いいえ、兄上様！　今だけは、どうか恋人ではなくわたしの名を呼んでください」

「……ジー…フリト?」

「そうです。わたしです。兄上様がどれだけフェンリスを愛していても今はわたしのもの」

なんだって？　僕が、フェンリスを愛している?

「………それは、違うっ」

彼は誤解している。テュールはもう何年も、ただ一人、ジーフリトだけを愛してきた。

身代わりなのは、フェンリスの方だった。

いや。でも今はもう違う。今の自分は、フェンリスを誰よりも愛している。

彼にそう誓った。

「ま…だ、激しくしないで。もう少しだけでいい。中が…おまえの形になじむまで待って」

「わかりました。では兄上様、どうか、少しだけ気を紛らせてください。ですから今一度、うかがいます。王妃様暗殺に絡み、まだ母上とわたしを疑っていらっしゃいますか？」

「………っ、それは」

「どうしたのです。答えられないのはなぜ？　もしかして、なにか隠しているのですね？」

図星だった。でも、どうしても話せないわけがある。それに二人への疑いも晴らせてはいない。

「違うっ」

「ひどい人だ。わたしはこれほど兄上様に忠実なのに、まだわたしを謀《たばか》るのですね」

話せない以上、なんとかして話を逸らさなければならない……。

「もう、その話はいい。なぁ……そろそろ、動ける…から」

ようやく中が広がってなじみ、テュールがゆっくり腰を前後に揺すって緩慢に動き始める。

「ぁん……んんっ………気持ち、いい」

「っ……兄上様」

ジーフリトは、甘やかな肉襞に締めつけられる感触に喉を鳴らす。

しばらくはテュールの好きにさせていたが、やがて雄の本能が暴走を始めた。

「兄上様。あぁ……もう限界です。なぜわたしにさせてくれないのです？　いつもフェンリスに抱かれるときは、こうではないのでしょう？」

「僕たちのことは……おまえになんて、関係…ない」

「知りたいのです…。でも、でも……知りたくなんてない！」

「だったら、っ……訊…かなくて、いい……あ、ん」

ジーフリトは、あきらめたように質問を変えた。

「わかりました。では、兄上様は、どこが感じるのです？」

「そ、れは……」

困ったように頬を染めるテュールだが、その胸に小さく咲いた花のような紅いそれ。

ジーフリトは答えを待たずに、さきほどテュールが感じていた乳首をつっ…とさわってみた。

「あぁ…ん」

とたんにかすれた甘い声が漏れる。

「ここが、いいのですね？　では、こうされるのは？」

ジーフリトが腰を突きながら乳首を揉みしだくと、テュールは声を殺そうと必死で唇を噛む。

「そんな……あ、ぁぁ……そんなに、強く……いじらないでっ」

「でも、中も乳首も気持ちよさそうです。さぁ、もっと奥まで刺し込んであげましょう」

「……そんなの無理だよ。だって、おまえの……太い……し……大きい、から」

消え入りそうな声で無意識に卑わいな言葉をつぶやく皇太子に、ジーフリトはゾクッと肌を震わせる。

いやらしく舌なめずりをしたあと、激しく腰を突きあげ始めた。

「ひっっ……ぁ……ぁん。あぁ」

「兄上様……兄上様の秘密のここは、じゅくじゅくして熱く蠢いて、わたしを包んでいる」

「あぁ、あん……そんな激しく、動いたらだめぇ……あぅぅ」

もう手加減なんて一切できず、ジーフリトは汗をしたたらせて身勝手に腰を打ちつける。

時折、思いだしたように乳首を吸われると、ちゅっちゅっという粘着音が結合部と乳首の両方からして、まるで蜂蜜が垂れ落ちる卑わいなイメージがテュールの脳裏に湧いた。

「あぅん、ひっ……ぃぁぁっ！」

ジーフリトがギリギリまで雄を引き抜いて一気に最奥を穿った瞬間、テュールは身をのけ反らせて一気に吐精した。

少し遅れて、中に熱いほとばしりが大量にそそぎ込まれるのを感じる。

二人はしばしの間、放心したように互いの汗の臭いを享受していたが、ややあってジーフリトが感極まったように語り始めた。

「兄上様、わたしはあなたをずっと大切に思って敬愛してきました。その崇高で清廉な魂にいつも惹かれて励まされてきた。その兄上様の身体の中に射精したなんて……たまらない」

背徳は毒だ。どれだけ危険で卑怯でも、甘くしたたる背徳という毒の魅力に人は惑わされる。

やがて毒は心臓にまで入り込み、血管を伝って五臓六腑のすべてをどす黒く染めあげる。

「まだ、足りません。わたしは、まだ……兄上様が、欲しい」

射精したあとも一向に萎えない雄が、今再びテュールを犯し始めた。

「あ……そんな。嘘っ。ひ！　……もぅ、抜…て。だめ、動くな……そんな奥は…いやぁ」

「いいえ、まだです。こんないやらしい兄上様を、まだ感じていたい」

抑圧されていた欲望は、射精したあとも萎えることを知らずに相手を求める。

「お願い。もうっ……抜いてぇ」

「聞けません。兄上様は、きっとこれが最後だとお思いなのでしょう？　だったら…」

「あっ。また……そんなに、大きくしたらっ……だめ！　あ、ぁ、やめ……っ」

「やめません。兄上様が可愛いのがいけないのです。今夜だけでは足りません。わたしはこれからも、きっと何度もあなたを欲しくなる」

「そんなのだめだ！　許さないっ。だって、最初に……今夜、一度きりだと言った」

「申し訳ありませんが、約束を守る自信なんて今となっては、さらさらない」

「おまえっ……嘘つき！　あ、ぁ！　もう、早く……僕の中から、出ていけっ」

「いいえ、聞けません。わたしは何度だってできます……愛しいわたしの皇太子殿下」

ジーフリトの行為は執拗で、それは彼の想いの深さと執着を代弁しているようだった。

明け方まで、彼のこれまでの鬱積した想いをテュールはその身で思い知らされ続けた。


まるでぼろ雑巾のように精液で汚れて疲弊した肢体が、ベッドの上に投げだされている。

逞しい筋肉の張った肢体を隠しもせず、寝台で葡萄酒を飲む男を潤んだまなざしが見あげた。

旨そうに飲む様子からは、さきほどまでの愛に飢えた哀れな男など微塵も感じさせず、あれは上手い演技だったのではないかと疑念を抱かせるほどだった。

当然のことだが、テュールは後悔している。

先刻、ジーフリトの手を取ったのは間違いなく同情だった。

そうだとしても、やはり彼の手を取るべきではなかった。

でもあのとき、すがりつく彼を振り払うことなどできなかったのは真実。

そして、それこそが自分の弱さだと、もう知っている。

すべては疲れきった弟に同情してのことだったと思いたいが、ずっと惹かれていたジーフリトに抱かれて幸福を感じてしまったことはたしかで、それが恥ずべきことだとも知っている。

事実、抱かれている間、何度もフェンリスのことを考えた。

不実な人間だと、自らを罵りたい気分だった。

「兄上様」

ようやく息が整い始めたその肌に、ジーフリトは指を遊ばせながら告白した。

「ぁっ……もう、よせっ」

「おかわいそうな兄上様、時期国王陛下になられる御身分の皇太子が、なぜわたしにこんな仕打ちを受けているとお思いです？」

返事は返らないが、ジーフリトは独りよがりに話し続ける。

「これは自業自得なんです。兄上様は優しすぎると、わたしは何度も忠告しましたね。覚えておいでですか？　あのとき、西の砦でセドムに命乞いをされたときも兄上はためらった」

「でも、結果的にはおまえたちが……助けて、くれた」

「もう、今度は助けません。でも、兄上様がわたしだけのものになってくださるのなら、わたしは永劫の愛と忠誠を誓います」

テュールはその言葉にフェンリスのそれを重ねてしまい、ただうなだれる。

「なにも応えてはくださらないなんて……ひどい御方だ。でも、忘れてはいませんね？　あなたはさきほどわたしの手を取った。それがただの同情だったと承知しています。卑怯なわたしは、兄上様の優しさにつけ込んだ。あなたがフェンリスを愛していることをわかっているのに、あなたを騙《だま》して抱いて……このことを知ったら、フェンリスは怒り狂うでしょうね。でも、すべては兄上様がお優しいのが罪なのです。だからすべて、自業自得なのです」

独りよがりな言葉を吐いてから、ジーフリトは頭を抱える。

「あぁ、こんなことを言うなんて、わたしは最低の男です。でも、でも…もう遅い。わたしは本当に欲しいものを一度でも得てしまった。だから、これからあなたを追いつめて追い込んで。兄上様を絶対に放しません。フェンリスからきっとあなたを奪ってみせます。わたしは彼よりあなたを愛しているから。今まで気づかなかっただけで兄上様を誰よりも愛している」

「だめだ。おまえはもう二度と、僕とこんな間違った関係を持ってはいけない」

「間違った関係とはなんです？　それが兄弟だということや同性愛という意味ならば、兄上様も同罪でしょう」

「違う！　僕と違って、おまえにはこの国の将来がかかっている」

ジーフリトは、ふっと笑って前髪を掻き上げる。

「少し昔の話をしますが……わたしたちがまだ幼かった頃のこと、それから今までのこと、覚えていますか？　本城の中では誰もがわたしを側室の産んだ皇子として扱ったのに、あなたはそうではなかった。いつもわたしを同じ皇子として対等に扱ってくださった。きっとそれは意識してのことではないのでしょう。でも、それが兄上様なのです。わたしは、そんな博愛と慈悲のお心を持つあなたこそ国王に相応しいと信じております。でも、兄上様に少しも欲がないのなら、いつか本当に、わたしに王位を奪われてしまいますよ？」

ジーフリトは軽口のつもりだったが、テュールは呆気なく答える。

「王位なんて僕はいらない。欲しいなら、いくらでもくれてやる」

テュールの瞳には一点の曇りもなく、凛と澄んでいっそ潔かった。

「それに、ジーフリトこそ国王に相応しい人格者だと、長老たちも感じている」

「あぁ……そんなあなただから、わたしは……でも、兄上様。周りがどう考えているのかなど知りませんし、見えないところで互いの派閥があることも存じております。でも、これだけは伝えておきます。わたしは兄上様から王位を奪おうという了見など毛頭ありませんし、もちろん頼まれてもお断りです。国王になるべきは兄上様だけです。わたしもフェンリスも、のちに国王となられた兄上様とともにありたいと願っています。これだけは信じてください」

「ジーフリト…」

テュールは弟のことを温厚で優しい男だと信じて疑わないが、実は彼が兄のためならどれほど愚かで残忍になれるのかを、まだ知らない。

兄を護るためなら、ジーフリトは誰の命を奪ってもかまわないとさえ思っている。

実際、テュールがセドムの短刀の毒に侵されたとき、何人もの残党を拷問して解毒剤のありかを吐かせた。

指の爪を一枚ずつはぎ取り、それでも吐かなければ指ごと切り落とした。

血まみれになって拷問を続ける猟奇的な姿を、兵士たちの誰もが恐れおののいて見ていた。

「わたしは兄上様のためなら、どんなことでもいたします。誰の命も、このわたしの命さえ惜しくない。わたしはこの命に代えても、兄上様をお護りいたします」

テュールはフェンリスからも同じ誓いを得ていたが、それが二人の誠なのだと感じた。


きっちりと衣装を整えたテュールは、窓際に立つ弟を顧みることもなく扉の取っ手を摑んだ。

「お待ちください、兄上様。今日から、このわたしも離宮に軟禁なのですか？」

少し間をおいて、返事が返る。

「おまえとヘルム妃が、タラトスク王妃の暗殺に一切関与していないことを信じている」

いや。信じたいと思っている。

「ジーフリト、議会にはおまえが必要だ」

それはヴァルーラ王国、皇太子としての絶対命令だった。

「……皇太子殿下」

「明日は議会の大事な定例会食がある日だ。おまえも堂々と本城に出てくればいい」

「御意」

ジーフリトは礼儀正しく膝を折り、皇太子に最敬礼を示した。

5

朝になり、本城に戻ったテュールを、フェンリスが待ちかまえていた。

彼の顔を見るまで、ずっと考えていた。どうやって許しを乞うか。

理由はどうあれ、フェンリスを裏切ったことには違いない。

つい先日、彼への愛を誓ったのは自分だったのに。

でも、許される術が見つからないまま帰城してしまい、怒りのオーラをまとった彼と対峙して、どうしていいかわからなくなる。

誰が一番の悪者なのかは、わかりきっているのに。

「テュール、昨夜はラドヴィス山の離宮に泊まったんだな」

それを言葉通りの意味に受け取るほど、自分は馬鹿ではない。

「あぁそうだ。今帰ったけれど午後の定例会食には出席する。だから午前中は少し休む」

「なぁ、どうしてそれほど疲れている？　離宮で、なにかあったか？」

フェンリスも一睡もしていないのが、目の色でわかる。

彼が容赦なく問いつめてきても、テュールは聞こえないフリをするしかなかった。

こういうとき、どう言い訳したらいいのかなんてわからない。

これまで、本気の色恋には縁がなかったから。

「なぁテュール。知ってるか？　おまえの肌から、あいつの……ジーフリトの匂いがする」

テュールは驚いてフェンリスを見あげた。

肌に残る情事の痕は衣服で隠したつもりでも、やはりそう簡単にはいかない。

すぐに謝るべきだと思った。

自分の過ちを認めて真実を伝え、それでもおまえを愛しているから許して欲しいと。

でも、できなかった。今はそれが本心なのかどうかも、わからなくなっている。

なんて卑怯で最低の人間だろう。

フェンリスを前にして、自分が本気で彼を愛していることはわかる。

では、ジーフリトのことは……愛している？

こんなねじれた関係など、許されるはずがない。

それなのに今思うのは、二人のことを、おそらく同じほどに愛しているということ。

ごめんなさいと、許して欲しいと、そう言うのは容易い。

自分がフェンリスを本気で愛しているのは真実だとしても、ジーフリトとの一夜が、ただ流されただけとか、そういういい加減な想いでなかったことも認めがたいが事実で。

嘘はつけない。つきたくなかった。フェンリスを愛しているから。

そして、ジーフリトも同じくらい大切で愛おしい。

もう、混乱してしまい、気持ちの整理も収拾もつかない。イライラする。

「あいつと寝たのか？　はっきり言えよ。それともただそばにいただけで匂いが移るのか？」

勘ぐるような言い方が気に食わなかった。いつもの天の邪鬼で意地悪な自分が顔を出す。

「へぇ、さすがに狼の血を引く血族だけはあるな。おまえは、獣なみの嗅覚をしている」

テュールがそう言い終わる前に、胸ぐらを摑んで壁に叩きつけられていた。

「っ！　……ぅ」

目の前の景色がくらくらと歪んで、まばたきを繰り返す。

「それで、あいつとのセックスはどうだった？　感じたか？　快かったのか？」

品のない言い方はフェンリスらしくなくて、嫌悪で虫ずが走る。

「フェンリス！」

「なんだ?」

「おまえ、最低だ……」

「あぁ、そうだな」

苦しげに吐き捨てるフェンリスを風景を見るように眺めながら、テュールは思う。

「……違う。違うんだ。最低なのは……おまえじゃなく、僕だ」

そう言い置いたあと、黙って湯浴みに向かうテュールのうしろ姿を見送ると、フェンリスは絶望の中に突き落とされた。


午後一番に、政務に携わる一部の王族、議会院や元老院の関係者や学者といった知識人が集まる会食が催された。

会は定期的に開かれていて、その目的は堅苦しい議論を交わすことではなく、互いの親睦を深める意味合いで行われている。

本城の迎賓館は、主に国外の要人クラスをもてなすときに使用されるが、この定例会食のときは例外として使われてきた。

それほど、この会食が持つ意味合いは大きい。

この場で役目や立場の違う者同士が親睦を図ることが、国政のあらゆる事柄を円滑に行うことへと繋がっていくからだ。

三十人は腰掛けることのできる長卓の一番端、最高の権威を持つ王妃が座る席は今は空席だが、そのすぐ隣にテュールが座った。

いつもは和やかな雰囲気の会食だったが、今日は少し違っている。

王妃暗殺未遂の嫌疑がかかっているヘルム妃の長子、第二皇子であるジーフリトがそこに姿を見せていたからだ。

密やかではあるが、中傷めいた言葉があちこちで交わされる中、ジーフリトは努めて平静を装っているように見える。

その姿を見て、テュールはいたたまれない気持ちになった。

事件の調査班からは、ついにトカゲの刺青の男が動いたという報告を、奇しくも朝一番で受けていたが、まだ公表できる段階ではない。

そうしてほぼ全員がそろい、ようやく皇太子が最初のあいさつをするために起立したとき、フェンリスが唐突に椅子から立ちあがった。

テュールはいやな予感に襲われる。

彼は無言のまま、一直線に歩いてジーフリトの席の脇に立った。

「ジーフリト。おまえは、どうしてここにいる?」

フェンリスの声には隠しようもない怒りが読み取れる。

その場の誰もが、固唾《かたず》を飲んで険悪な二人の動向を見守っていた。

本来なら、誰かが仲裁に入って止めてもおかしくない状況だったが、誰もそれをしない。

「わたしがここにいるのは、皇太子から、定例会食に出るよう求められたからだ」

動揺など微塵も感じられないジーフリトの態度に、テュールは敬意を表したい気分だった。

王妃は生命の危機は脱したものの、今も言語や行動に障害が残るほど状態は悪いままだ。

そんな中、王妃は自らの国王代理としての権限を、皇太子にすべて託すと告げたため、現在の国家最高権力者はテュールということになる。

そのテュールが出席を許可したというのなら、誰も異論を唱えることはできない。

だが今、フェンリスの怒りはジーフリトに一直線に向いているようだ。

「たとえ皇太子が許可したとしても、俺は認めない！　ヘルム妃の容疑も晴れていないのに、こんな公的な場によく平然と来られるものだな」

「断っておくが、わたしの母上は王妃様の暗殺になど、一切関わっていない！」

「嘘をつけ。もしかして、ジーフリトも荷担しているんじゃないのか？　実はおまえが事件の黒幕とか？」

ジーフリトはいつもの彼らしからぬ荒《すさ》んだ瞳で、フェンリスを見ている。

「フェンリス。いったいどうした？　ずいぶんお怒りだな。もしかして、おまえのその怒りの原因は別のところにあるんじゃないのか？」

不穏な空気に、場の雰囲気がぴりりと張りつめる。

「なんだって！」

フェンリスとジーフリトは、普段から特別に親友というような馴れ合った関係ではないが、互いを尊重し合っているのは周囲にも伝わっている。

そんな二人がこれほど感情をあらわにして言い争うことなど初めてで、その場に列席している王族や学者たちも口を挟めず、ただことの成り行きを見守っていた。

あえて犯人を泳がせていることを知っている調査班の近衛兵が、たまらず止めに入った。

「フェンリス隊長。現在、我々も全力を尽くして動いておりますので、しばしお待ちを」

「フェンリス、いいから席につけ！　おまえらしくないぞ」

思わずテュールも忠告する。調査班からの報告はフェンリスも受けているはずだが、やはり彼のヘルム妃とジーフリトに対する疑惑は深いようだ。

ジーフリトはそばに立つフェンリスと同じく席を立ち、二人が正面から対立する。

「おまえの怒りの理由は、おそらく……」

（おまえの大事なものを、わたしが奪ったからだろう？）

ジーフリトが、小声でそう耳打ちすると……。

次の瞬間、フェンリスは着けていた白手袋を脱ぐと、いきなり相手の胸元を目がけて投げつけた。

一瞬にして周囲からどよめきがあがった。

「フェンリス！　おまえ、なにを考えている！　よせっ」

この国では、王族や貴族、騎士の間でトラブルが起こった場合、その決着方法の一つとして決闘をすることが認められている。

それは古来よりこのヴァルーラの王国に残っている慣習で、決闘の申し込みは、白手袋を相手に投げつけること。

相手がそれを拾いあげれば決闘の受諾の合図となり、公式にそれが認められ、真剣によっての決闘が公の場で行われる。

神聖な決闘の場合の決着は、相手が降参するか、最悪の場合は死にいたらしめて勝敗を決めることで、決闘の場ではたとえ相手を殺めてしまっても一切罪に問われなかった。

「ジーフリト、今から俺と決闘しろ！　おまえが勝ったら、俺は二度とおまえを疑わない」

近衛兵隊隊長であるフェンリスの鬼気迫る剣幕に口を挟む者など誰もいない。

「よせ、やめろ二人とも！　ジーフリト、手袋を拾うんじゃない！」

だがテュールの忠告も届かず、ジーフリトはゆるりと身をかがめてそれを拾いあげてしまった。

相手が白手袋を拾いあげた瞬間、彼らの決闘は正式に認められたこととなる。

「さあジーフリト、今すぐ外に出ろ！」

皇太子の双騎士と呼ばれた二人の決闘を、テュールは必死で止めにかかる。

彼はフェンリスとジーフリトが啀《いが》み合うその真の理由を、薄々勘づいていた。

すべては二人を苦しめている自分に責任があるのだと。

だから二人の決闘をなんとかしてやめさせなければならないと思った。


迎賓館は中央にある、癒しの庭と呼ばれる広大な敷地を囲むように建てられている。

庭の一角は円形の石畳になっていて、フェンリスとジーフリトは真剣を持って対峙した。

決闘は本人同士の意志で決定されたことなので、一度始まってしまえば、たとえ何人であろうとそれを止めることは許されない。

もちろん国王や皇太子だとしても、一般の国民と同じ罪に問われるほどの重罪。

いつの間にか王族の一人が審判に仕立てあげられていて、ついに決闘開始の合図がなされた。

「始め！」

号令とともに、二人はすらりと長剣を抜いた。

互いに間合いを取ることもなく、いきなりの激しい討ち合いが始まる。

長剣が交わり、弾け、その高い音が危機感をあおるように周囲に響く。

誰の目から見ても決闘は決して形式だけの討ち合いではないとわかるほど、二人の表情には恐ろしい殺気が顕著にあらわれていた。

見守るテュールの背中を冷たい汗が伝い、胃のあたりが締めつけられるように痛む。

周囲には人垣ができていて、固唾を飲んで勝敗の行方を見つめていたが、テュールはどうしても冷静ではいられなかった。

大事な二人の騎士が、討ち合っている。

どちらかが命を落とすまで決着がつかないなんて、絶対にあってはならなかった。

決闘は激しさを増し、二人はともに小さな傷を増やしているらしい。

それでも、剣の腕ではこの国でも最上級の実力を持つ二人の真剣勝負は圧巻だった。

だが、勝負は「運」が物を言うこともある。

頭上高くから振り下ろされた剣を背後に跳んでかわしたとき、ジーフリトは運悪く落ちていた小石を踏んでしまった。

バランスを崩した彼のほんのわずかな隙を、フェンリスが見逃すはずはない。

瞬時に剣を翻すと、すぐに次の攻撃を仕掛けた。

真下から、斜め上に向かって剣の切っ先が弧を描き、その先端はジーフリトの胸から肩を切り裂くための軌道を作ろうとしている。

「やめろッ」

刹那、テュールが素早く自らの長剣を鞘ごと神聖な試合の場の中心に投げ込んだ。

石畳の上で、鞘に入った長剣が弾ける音が響いて……。

狼のごとく殺戮に突き進んでいたフェンリスは、ようやく我に返ったように動きを急停止させた。

剣の先は、ジーフリトの胸元を裂く寸前で止まる。

石畳の上では、テュールの投げた長剣が滑稽《こっけい》なくらいまわって、それからゆるやかに静止した。

あたりは、しんと静寂に包まれる。

正式な決闘を止めること。それはすなわち、この国では重罪に値する冒瀆。

「皇太子殿下……」

審判を務める王族が、困惑の表情でテュールを見つめる。

なにか言わなくては、そう思って口を開きかけたが喉がからからで言葉が出なくて、テュールは二人のそばに駆け寄るとその間に割って入った。

「おまえたちは二人とも、我が国にとっても僕にとっても大事な存在なんだ。どちらも失うわけにはいかない！」

テュールが懸命に説得を試みようとしたとき、王妃暗殺未遂事件に関する朗報が飛び込んできた。決闘を見守っていた調査班の幹部のところに、伝令を持ってきたとおぼしき近衛兵が駆け寄っていく。

彼はしばらく兵士からの報告を聞いていたが、ややあってから声を張りあげた。

「皇太子殿下、王妃暗殺計画の首謀者とスパイ活動をしていた実行犯を拘束しました！」

その報告に、周囲から安堵と歓喜のどよめきが起こる。

テュールは膝の力が抜けてしまい、思わず二人の間で座り込んでしまった。

この意味のない決闘は、フェンリスの、ジーフリトへの疑惑を晴らすためのもの。

ならば、真犯人が拘束された今、決闘はその意味を成さない。

だが、相手を討ち果たす目的で死闘を繰り広げてきたフェンリスもジーフリトも、簡単にクールダウンができるほど感情をコントロールできなかった。

二人は石畳に座り込んだテュールを、怒り心頭に発した目で見下ろしている。

「皇太子、これは神聖な決闘です。それを妨害した罪は大きい。あなたもご存じなはず」

フェンリスの追究に対し、調査班の幹部は皇太子を庇うように意見した。

「真犯人を拘束したのだから、ジーフリト皇子の容疑を晴らす目的の決闘など無効です」

彼の言うことも正論だ。

「ですが、決まりは決まりです。公的に皇太子を罰することを王族方に反対されても、わたしとフェンリスの怒りは収まらない。兄上様、この代償はなんらかの罰として必ず受けてもらいます」

テュールは少なからず驚いていた。

決闘を止めたことに対し、まさか二人からこれほどの怒りを買うとは。

「………代償？　なんらかの……罰？」

「ええ、そうです。兄上様」

フェンリスとジーフリトに挟まれ、見下ろされた格好のテュールは二人を交互に見あげる。

「どういう……意味だ？」

フェンリスは座り込んでしまったテュールの腕を尋常ではない力で引っぱりあげると、その耳に密やかに答えを吹き込んだ。

『王妃様暗殺未遂事件の後始末が終わったら必ずおまえを二人で迎えに行く。重罪を償う覚悟をしておくんだな』

「そんなっ………どうして！」

『兄上様、いくらあなたでも決闘を妨害した罪は罪。それをきちんと償ってもらいます』

ジーフリトも反対側から身をかがめ、秘めやかに耳打ちした。

テュールは動揺に瞳を揺らめかせながら、満身創痍の逞しい美丈夫二人を交互に見あげて、その身を震わせる。

青白い頬に、なにを意味する涙なのか、一筋の滴が流れて落ちていった。

それから数日、事件は犯人逮捕により、自白から真相が明らかになった。

黒幕はやはり、国家への反対勢力、シュムドラ派のセドム首長の長男だった。

トカゲの刺青の男こそが、その長男で、北砦の戦の際、逃亡し、王妃と皇太子の命を狙っていた。城内に潜伏していた一味のスパイも逮捕され、ようやく事件は解決したが、王妃は身体に後遺症を残すこととなった。

本城の離れに、三代前の国王が美貌の側室のために作らせた宮殿がある。

薔薇の牢獄と呼ばれたそこには、望まないまま政略結婚を強いられた某国の姫君が幽閉されていた。

この国家が戦争に明け暮れていた頃、制圧した小国の美貌の王女は、王家の存続と引き替えに捧《ささ》げものとされた。

そして王女は最後まで国王に心を開くこともなく、若くしてこの世を去った。

だが、実際は自害したとも、逃亡したとも伝えられている。

薔薇の牢獄は、まさに贅《ぜい》の限りを尽くした秘められた館だった。

今は数人の従者らによって管理されているが、王家や王族の者以外が近づくことは許されない。

「兄上様、どうぞお入りください」

館の中に迎え入れられたテュールが大きな扉の前で躊躇《ちゅうちょ》していると、ジーフリトが紳士的に、まるで淑女にするように手を差しだす。

仕草こそ優雅だが、油断したテュールが手をのせたとたん、ぐっと摑んで引っぱられた。

「ジーフリト。待って」

両足を突っ張って抵抗するテュールだったが、今度は背後にいたフェンリスがその背に手をまわし、前に歩けと強引に誘導する。

ジーフリトの手で扉が開かれると、もうどうすることもできなかった。

「大事な兄上様の剣は、わたしがしばらくおあずかりしましょう」

「でもっ……」

剣があれば別だが、どちらか一人が相手でも、テュールが素手で抵抗できる相手ではない。まして二人なら、これから自分の身がどうなってしまうのかなど想像するまでもなかった。

部屋に入ると、そこは極上の女を抱くためだけに作られた麗しい空間が広がっていた。

その後、めずらしい大理石の長卓で甘ったるい香を焚き、二人は優雅にワインを注いだ杯を傾ける。

彼らが手にしている金と銀の杯は、今はここにない銅杯とともにテュールが大事にしている高価な品物で、フェンリスがワインと一緒にここに持ってきた。

装飾が見事で、それぞれにガーネットとダイヤモンドの大粒の宝石が埋め込まれている。

「さすがは兄上様の果樹園で作った葡萄なだけはありますね。味が濃厚なのにまろやかだ」

罪状を言い渡される前の罪人のように、テュールはただ黙って同じ卓についていた。

「テュール、本当に飲まないのか？　去年のワインはおまえの言う通りできがいい」

甘い匂いと濃密なワインの香りが室内に漂う中、フェンリスが唐突に断りを入れる。

「ジーフリト。最初に言っておくが、俺は強姦の真似《まね》ごとをするのは好みだが、本気のそれは遠慮したい」

その発言に、テュールは愕然とした。

「わたしももちろん同じ意見だ。でも、どちらにせよ兄上様は今から行われる行為に同意しないだろうから、こういう品を持ってきた」

ジーフリトが、ガラス製の小さな瓶を取りだして、中に入った褐色の液体を揺らしてみせる。

「なんだ？　おまえ、まさか……媚薬か？」

「その通り。これはとても高価な品だが違法なもので、国境検閲で闇商人から没収した。でも、最近調合された即効性の最高級品らしい」

「おいおい、ジーフリト。おまえ……いいのか？　職権乱用なんて問題だな」

「ならば、やはり兄上様を縛って言うことをきかせるか？」

フェンリスは少し考えたあと、にやりと口角をあげてから答える。

「……まぁ、たしかにそういう趣向も悪くない」

「愉しめそうだな」

二人は囚われの身であるテュールを品定めするように左右から眺めると、意味ありげに瞳を交えた。

いつも誠実で忠義な双騎士の本性が暴かれるような恐ろしい会話に我慢がならず、テュールはついに長卓に両手をついて立ちあがった。

「おまえたち、どうかしているんじゃないのか！　僕を誰だと思っている！」

人権を無視した言葉の応酬に、テュールがいたたまれなくなったとしても当然だ。

「兄上様、先日ご自分がなさったことをお忘れですか？　あなたがヴァルーラ王国の皇太子でなかったら、その場で打ち首という重罪です」

「あぁ、ジーフリトの言う通りだな」

「それとも、そのご身分を盾に取って罪から逃れるおつもりですか？」

「そんなっ！　僕は……二人のために……」

「仲裁に入ったと？　あぁ……だとしたら兄上様は本当に浅はかで残酷で、なにもわかっていらっしゃらない御方ですね」

浅はかだと言われても、二人がなにを言いたいのかがわからない。

「テュール、俺たちは潔くあの決闘で、どちらか一方が死んだ方がよかったんだ」

「馬鹿なことを言うな！　たとえ冗談でも、死ぬなんてことを言ったら許さないっ」

二人とも大切だから、失うなんて考えられなかった。

「俺はこれからの人生で、テュールをジーフリトと奪い合うなんて耐えられない。その唯一の解決策をおまえ自身が奪ったんだ。おまえが両方を生かしたことで、俺たちは互いに憎み合う人生を無理やり選択させられた」

「兄上様、それがどれだけ罪深いことかおわかりですか？　だからその罪は償ってもらいます」

「……償うって、どうするつもりなんだよ。まさか……そんな。まさか……」

すっかり怯えて色を失くしたテュールの唇が、細かく震えていた。

「本当はもう、わかっているんだろう？」

「わたしたちの会話は耳に入っていたはず。今さらそんな無粋なことをお訊きになるんですか？」

やはり、二人がこの薔薇の牢獄で自分を抱くつもりなのだとテュールは確信する。

「……嘘だ。そんなの、いやだ。三人でなんて、絶対にできないっ……！」

いつも凛として、双騎士を己の命令一つで操ることのできる年上の皇太子が怯えている姿はとても新鮮で、二人を興奮させた。

「いやですって？　それは、兄上様がフェンリスに抱かれるところを、わたしに見られるのがいやだという意味ですか？　それとも、わたしが兄上様を抱いているところを、フェンリスに見られるのがいやだということですか？　どちらです？」

「両方だろう」

フェンリスが簡潔に答えると、二人はふっと共犯の笑みを交わし合い、テュールの全身を震えあがらせた。

彼らが自分に、二人がかりでどれほど淫靡な罰を与えようとしているのか！

「……そんなの、嘘だ」

己のワインに、ジーフリトが褐色の媚薬を数滴、垂らしてから勧めてくる。

「さぁ、お飲みください兄上様」

「そんなもの、誰が飲むかっ！」

激昂したテュールは、あっさり踵を返すと一気に扉に向かう。

「僕は帰る！　こんな茶番になどつきあってられないからな。誰か、急ぎ馬を引け！」

二人は別段慌てるふうもなく、落ち着いてそのうしろ姿を見守っている。

テュールは大声で従者を呼びながら扉の取っ手を掴むが、大きな観音扉は押しても引いても一向に開かなかった。

「兄上様、もうこの宮殿には誰もおりません。さっき人払いをしましたからね。あぁ、でもその前に外から錠をかけてもらいましたので、明日の朝、侍女が来るまで扉は開きません。だから兄上様は、もうどこにも逃げられないのです」

あきらめきれなくて、テュールは拳で何度も扉を叩く。

「誰かいないのか！　ここを開けろ！　僕の、皇太子の命令だ！　早く開けろ」

「もう人はいないと言っているだろう。仕方のない奴だな。さぁこっちに来い」

近づいてきたフェンリスに、腕を掴んで引きずられる。

「いやだ！　よせっ」

「兄上様は皇太子である前に罪人であることをお忘れなく。それに、決闘の見届人は我々二人にあなたを罰する権利を譲渡したのですから」

「あまり俺たちを焦らさないでくれ。優しく可愛がって欲しいなら、早く飲むんだ」

「やめろ！　よせっ……よせ！」

テュールは暴れて抵抗するが、背後にまわったフェンリスに両腕ごと抱きしめて拘束され、正面からジーフリトに顎をとらえられる。

「口から飲めないって言うなら、別の孔から飲ませてやってもいいんだぜ」

フェンリスの淫猥で恐喝めいた一言で、テュールの抵抗は一気に弱々しくなった。

「いやだよっ。こんな、こんなことっ」

「わたしたちに優しく抱いて欲しいでしょう？　だったら、これを飲んでください」

頑なに口を閉じていると、背中から拘束しているフェンリスの悪戯な手が、布越しにテュールの肌をまさぐり始める。

「あ、さわる…な。よせっ……ぁ、ぁぅ」

そこが弱いと熟知している彼は、右手でテュールの腕を拘束したまま、左手でまだやわらかい左側の乳首を簡単に探りあてていじり始める。

二本の指で挟んできゅぅっと強めに引っぱってから、くりくりとこねるように揉みしだく。緩急をつけた攻めに弱いテュールの唇が開いて甘い声が漏れると、それを待っていたジーフリトがワインを口に含み、素早く口づけで喉に流し込んだ。

「んっ……ぅん！　ぅぅ」

ジーフリトの眼前で、服の上から左胸の飾りを嬲っているフェンリスの指が卑わいに動いている様子がよく見える。テュールはまるで何かに耐えるように顔を伏せた。

「ぁぁ……そこは、さわらないで……」

「どうした？　今夜はずいぶん感度がいい。ジーフリトに見られていると感じるか？」

なぜかもう片方の胸のあたりでツンと布が盛り上がっていて、フェンリスにさわられていない右側の乳首が立ちあがっているのだとわかった。

自分を誘っているように見える隆起に、ジーフリトはたまらずに自らも指を絡める。

「やぁ……そっちは……だめっ……だめ。ぁん……ジー、フリト……！」

「なぜ？　こっちもさわって欲しいみたいですよ……」

「ぁん…．あぁ」

両方の乳首をそれぞれ別の男の指で蹂躙され、テュールは髪を左右に散らして激しく拒む。

それでも甘く喘いでしまうたびにキスでワインを流し込まれ、何度もむせて咳《せ》き込んだ。

やがて皇太子の全身が媚薬の効果で熱を帯びてくるのを、前後から胸の粒をもてあそんでいる二人の騎士は直《じか》に感じていた。

「ぁ……ぁう、おまえたち、許さない！　こんな、こんなっ……あぁ…ぁん」

力の入らなくなった膝がかくんと折れると、背後のフェンリスが力強く支える。

「あぁ、お美しい。ご自身では見えないでしょうが、首や胸元が桜色になってきました」

「即効性というのは本当らしいな。テュールは色が白いから、肌が染まると相当色っぽい」

「あぁ、どうして……んぁ。身体が…熱くて変なんだ…フェンリス、ジーフリト…助けて」

テュールの声は、すっかり強制的な欲に染められてしまい、淫らにしゃがれている。

「ジーフリト、俺はすぐにでもテュールを裸にしたいが。おまえはもっと焦らしたいか？」

「いいや。わたしも脱がすのに賛成だ。全裸の兄上様は本当に綺麗だから」

「待って！　待って……いや。あぁ、早く。服を……脱がして。早く、もっとさわって」

乳首への布越しの間接的な愛撫に焦れて、思わず相反する言葉を口にするテュールは、もう立っていることもままならなくて、フェンリスはその痩身を軽々と抱きあげた。

黒大理石の小さく丸い台座の上に、テュールは膝立ちの状態で裸に剝《む》かれて放置されている。

苦しそうなのに逃げることも、うずくまることもできないのにはワケがあった。

彼が動けないのは、両手を天井から伸びた鎖につけられた革の拘束具で吊られているからだ。

極めの細かな白い肌は、黒い大理石の上だと対照的にとても美しく映えて、皇太子の肌が痙攣したりひきつったりするのが視覚的にもよくわかる状態になっている。

おそらくこの宮殿に監禁されていた王女も、肌の白い美女だったに違いない。

「テュール。最初は、どちらが欲しい?」

すでに媚薬に侵食された身体は火照ってしっとりと汗ばみ、抵抗することさえ奪われて吊られることに甘んじている。

それでもどちらが欲しいなどと問われ、テュールは鋭く反抗的な視線を二人に向けた。

「兄上様はどちらか選べないようだから、選べるまで同時に愛してさしあげましょう」

「それはいい考えだな。どうだ? 嬉しいだろうテュール」

二人は台座の左右に陣取ると、皇太子の身体に両側から手をまわして丁寧に愛撫し始める。

きめの細かい美肌の感触を堪能するように掌を使って隈無く撫でまわし、そのたびに感じてぴんと張ってしまう皮膚や、ぶるぶる震える筋のリアルな映像を視覚でも堪能する。

吊られることで無下にさらされてしまった無防備な脇の下を舐めあげ、横腹にねっとりと舌を這わせてから、二つの唇はそれぞれ自分の側にある胸の飾りにたどり着いた。

す。

「とても美味しそうですね。兄上様の果樹園の中でも、これほど見た目にも美しく楽しめる果実はなかった。さぁ、さっそくいただきましょう」

ジーフリトはそう言うと、紅く熟れた実をいきなり口腔に含むと、舌でつぶすように転がす。

「あぁ…や、あん……そこは、もう…やめっ。ぅん……ん。あ！　フェンリス！　あ！　そっちは…だめっ、そんな…おまえまで！　……両方なんて、やっ……あ、だめっ」

もう片側の乳首をしっとりと口に含んだフェンリスは、完全に立ちあがった粒を歯で挟んで引っぱりあげ、今度はやわやわと咀嚼してから押しつぶし、甘噛みする。

「痛っ…ぁあっ。フェンリス……そんな、乱暴にしないで……お願い、どうしてそんなっ」

「どうしてだって？　わからないのか？　俺は、テュールの真摯な告白を信じていたのに」

その恨み言に大いに心あたりがあるテュールは、なにも返す言葉がなかった。

「兄上様、二人がかりでここを愛されて感じているのですね。喘いでいるお姿は絶品です」

テュールには、まるで全身が性感帯になってしまったように感じられる。

どんな些細な愛撫でも肌がビクビクと震え、愉悦にまみれた肉体が甘く匂い立つ。

おぞましいまでの快感が、腰のあたりから背骨を這いのぼり、首のうしろの頸骨まで突き抜けると、膝で立たされている全身が吊られた鎖ごとぐらぐらと波打って身もだえる。

想像以上の媚薬の効き目にテュール自身も怯え、恥じらいはいっそう増していった。

「さて、そろそろこっちに移ろう。テュール、俺たち二人を受け入れる準備をしてやるよ」

フェンリスは室内にあった薔薇の香油をジーフリトと分け合うと、左右からテュールの太《ふと》股《もも》を摑んで大きく開かせ、閉じられないようがっちりと膝を入れて固定する。

「やっ……ぁぁ、やめて。……二人でなんてしないでっ……もう、本当に変になる」

「兄上様、今からあなたの中を、やわらかくなるまでほぐしてさしあげましょう。二人でね」

「そんな……ぁぁ。だめ…そんなの、無理だっ……あ、ぁん、やだ。もう、お願い……」

両側の乳首を悪戯する動きは延々と続いていて、さらに今度は二人の指が次々と秘門の淵をくぐって侵入を果たすと、テュールはあまりのショックで半狂乱になる。

「やっ！　いやぁぁぁ。いやだ。いやっ…入れないで、指を……抜いて、抜いてっ。あぁ」

精神が極度の拒絶反応を起こしているのに身体は悦んでいて、呆気なく性器が勃ちあがる。

「……………ふふ。たまらないな」

「ええ、兄上様のお身体は本当にはしたなくて、いやらしい」

面白いほどに跳ねて踊る台座の上の裸体を二人の美丈夫が左右から挟み込み、尖りきった乳首を思うさまかじってなぶって転がしつくす。

吊られて動きが制限されている分、快感を逃す術がなくて全身が細かく痙攣を始めた。

「んぅ……あん、ぁぁ……ん。だめ。だめっ……ひっ。そこは、もうっ……あん、あぁぁ」

テュールの喉を甘美な喘ぎと悲鳴が掻きむしり、小振りな性器の先端からは、とろとろと透明の体液が糸を引いて垂れ落ちる。

「スゴい…な。女でもこうは感じない。テュールの身体は、壮絶に感じやすいらしい」

見たこともない恋人の痴態に興奮したフェンリスは、飢えた狼のように舌なめずりをする。

「こんなに汁をこぼして、いやらしい兄上様……」

初めて体験する媚薬の破壊的な効能に恐れをなし、テュールがなんとか足を閉じようと躍起になるが、その行為を罰するように左右からいっそう足を広げて股間をさらされた。

「あぁ！　そんな…見ないで。恥ずかしい。手首も、痛くて…お願いだから解いて、許して」

「テュール、これはおまえに与えられている罰だということを忘れるなよ」

身体を吊っている鎖ががしゃがしゃ音をたて、瘦身はいっそう伸びきって快感を増す。

「は、ぁ…ぁあ。もう……お願い。助けて……あ、中に……入ってる。動いて……あぅ」

まだ窄《すぼ》んだ孔には左右からそれぞれ別の中指が潜って、深い奥で甘い悪戯を仕掛ける。

「テュール。喘いでばかりでなく、俺とジーフリト、どっちの指が気持ちいいか答えろよ」

「や、そんなの、わからなっ。あ…ぁ、ぁん。そんなに、動かさないでっ」

二本の指は香油を細部まで塗り広げるように蠢き、ついに一番敏感な箇所を探りあてる。

「はぁっ！　……ぁ、だめ、だめっ……あ。そ……こは、そこはだめっ」

「どこです？　どこが、だめなのですか？　兄上様、ここ？　ここですか？」

ジーフリトとフェンリスは、まるで競うように敏感になった前立腺を指の腹でぐりぐりとこすり立て、テュールを徹底的に責め抜く。

「ぁん。あぁぁっ。だめ……もう、やぁ！　そこばっかり、しないで……しない、でっ！」

なぶられ続ける秘所から響く粘ついた淫音は、三人それぞれの聴覚までをも苛烈に刺激し、テュールは深い恥じらいを覚えて涙を振りこぼす。

「嘘だな。おまえはここをなぶられるのが好きだろう。さぁ、そろそろイくのを許してやる」

媚薬の効果なのか、犯されている肉襞がうずくように収縮して指を締めつけるが、それ以上の力で孔を強引に広げられ、テュールは羞恥に身を焼かれながら肢体をのけ反らせる。

吊られた身体がびくびくと哀しいくらい痙攣して、皇太子は悲鳴と同時に上りつめた。


宮殿の最奥の部屋の中には、大輪の薔薇を挿した花瓶がたくさん置かれていた。

そのせいか、内部には甘美な香りが濃く漂っている。

床はさきほどの台座と同じように黒大理石がはめられていて、見た目にも黒一色だった。

黒い大理石は大陸でも恐ろしく希少な品で、贅の限りを尽くした内装に二人は驚嘆する。

中央に置かれた寝台は、これまで見た中で最も優雅で、そして広く立派なものだった。

彼らはそこに移動してくると、射精のあとですっかり力の抜けた全裸のテュールを寝台の上に寝かせ、自らも同時に乗りあげる。

フェンリスは子供を抱くように背後からテュールを膝に座らせると、両足を自分の左右の足を跨ぐように引っかける。

そうしておいてから、自らは膝を立てて足を両側に限界まで開いた。

「いやっ！　いやぁぁ！　ジーフリト、僕を、見るなっ……見ないで」

当然ながら、全裸のテュールの足が大きく左右に割り裂かれることになった。

さっき二人に好き放題になぶられた肉淵はまだ甘くゆるんでいて、内部の紅く爛《ただ》れた媚肉をだらしなくのぞかせてしまう。

羞恥に身を焼かれて下肢に力を入れると、孔唇が一度締まってから、また力なくゆるむ。

「……あぁ、たまらない」

皇太子の命に反し、ジーフリトはその様子を堪能し、高まる興奮で喉をごくりと鳴らした。

媚薬に侵され、一度射精してしまった身体は思うさま抱かれること以外、もうなにも望んでいないように見える。

「ジーフリト、囚われの兄上様のそこはどんな具合になっている？　俺には見えないから、子細を教えてくれ」

「そんな！　フェンリス。なんてこと！　おまえっ……最低だっ」

「そうだな。兄上様の可愛いお口が開いたり閉じたりしていて、奥の奥までよく見える」

「やだっ！　言うな。そんなところ、見ないでっ……お願いジーフリト。あっちへ行って」

フェンリスは追い打ちをかけるように、背後から両手でテュールのももをいっそう広げる。

「そんなことをおっしゃっても、やわらかそうな入り口も紅く熟れた中の肉も丸見えですよ」

さきほど、さんざん指でなぶられたそこは、ひくひく蠢いて壮絶に卑わいだった。

「いやらしい兄上様。でも、今から泣いていたらどうします？」

媚薬のせいで力の入らない身体で足を閉じようと試みても、逆にそれは物欲しげに身体を揺らめかせているようにしか見えない。

「さぁ、そろそろ本物の硬いものが欲しい頃だろう？　テュール」

「いらないっ……欲しくなんて、ないっ」

「素直じゃない兄上様には、やはりお仕置きが必要ですね」

「ジーフリト、よく見ていろよ。テュールの可愛い秘唇が、どんなふうに俺を飲み込んでいくのかを」

それを聞いたジーフリトは、まるで苦いものでも噛んだような顔でちっと舌打ちをしたが、視線は二人の結合する部分に釘づけになっている。

テュールの腰を抱いて浮かせたフェンリスは、背後から突き勃った己の怒張の上に照準を定めると、重力に従って腰を下ろさせていく。

「ぁっ！　ぁ……ぁうんん……はぁぁ！」

立派に張りだしたエラの部分が孔の口を無惨なほど広げて通過するとき、テュールが苦しそうにフェンリスの肩に後頭部を押しつけて激しく喘いだ。その姿は妖艶《ようえん》ですらある。

一番太いエラを過ぎてしまえば、あとはずぶずぶと自重に従って奥まで頬張ってしまった。

「ぁぁ――――！」

何度も男と繋がった身体だったが、テュールの受ける快感は想像を絶するほどだった。

媚薬のせいで、皮膚という皮膚がぴんと張って敏感になっている。

あまりの喜悦に絶えきれなくて、腰を浮かせて抜こうと躍起になる姿が哀れで情けを誘う。

「いやっ……ぁぁ、こんな。こんなの……だめ………もう、死にたいっ」

完全にテュールが腰の上に座り込んでしまったとき、フェンリスは充足の吐息を漏らした。

そのままゆらゆらと甘く揺られながらテュールが快感を享受していると、強烈な視線を感じる。

薄く目を開けると、自分の痴態のすべてを凝視しているジーフリトと目が合う。

「あ……見、るなっ。ジーフリト、お願いだから……こんな…やらしい僕を、見ないでっ」

「なぜです？　死にたいほどいやらしいことをされて、感じている兄上様はとてもかわいそうで、そして妖しいほどお美しい」

そのとき、恋敵と会話をするのを許さないとでも言うように、フェンリスがいきなり激しく腰を突きあげ始める。

「あぁっ！　やぁ、フェンリス！　そんな急に……ぅ、んぁ！」

荒々しい律動についていけず、溺れたように手を伸ばして藻掻いていると、目の前で傍観していたジーフリトが危ない目をして近づいてくる。

そのまま身をかがめると、唐突に乳首に吸いついてきて……。

「やっ。あ、そんなっ……もうそこは、いやっ！　あぁ…吸わないで。吸うのは、いやっ」

「なぜです？　そんなにおいやなら、吸うのはやめましょう。でも……」

「あぁん！　そんな。ぁ！　ひっ……噛むのも、だめっ…それも、だめっ！」

「わがままな兄上様。だったら、こっちはどうです？」

ジーフリトはさらに深く腰を折ると、フェンリスを受け入れてかわいそうなくらい伸びて敏感になった肉淵の皮膚をつっ…と指でなぞった。

「あ――――！」

長く悲鳴がほとばしる。

さらに、うしろからまわされたフェンリスの指に乳首をひねられ、あふれる声をもう止めることができなくなる。

ジーフリトはそのまま、伸びて敏感になった孔の周りをぞろっと舐めた。

さらに、雄を頬張ったままの秘唇の端から、強引に己の舌を割り込ませる。

「ひぃっ！　あぁぁぁ」

テュールが過呼吸のように病的に喘ぐと、興奮しきったフェンリスが上りつめるために激しく腰を打ちつけ始める。ややあって、彼は白濁をテュールの最奥にまき散らした。

「く……」

「ぁ、ひぁぁぁっ」

どくどくと数回に分けて大量にそそぎ込まれる精液のほとばしりを、テュールは腹の奥で感じて涙を流した。

フェンリスの肉塊が抜け落ちると、テュールはぐったりと敷布の上に崩れて転がった。

まだ二度目を迎えていない身体は少し動くだけでも苦しくて、浅い喘ぎを続けている。

一方、事が終わると呆気なく寝台をおりたフェンリスは、そのままキャビネットから在庫のワインを数本と、ナルギーレと呼ばれる水煙草を持ちだして戻ってきた。

どうやらそばに置かれた籐《とう》の椅子に座って、寝台の二人の交合を観覧するつもりらしい。

だが、彼の目には観覧というにはほど遠い、殺気だった色が宿っていた。

「兄上様、ひどいことをしてすみません。でも、今度はわたしにも…どうか熱いお情けを」

仰向けに横たわった罪人を、筋肉の張った逞しい身体がずっしり体重をかけて組み敷く。

愛しげに、ちゅっと軽いキスを施したあとで上半身を起こし、大きな手でテュールの両足

首を摑んで高く掲げ、そのまま男を受け入れる体勢に割り広げた。

「あ！　そんな、もう？　嘘だ……まだ、いやだ。ジーフリト……まだっ。待って」

容赦なく秘所を暴かれ、まだじんじんうずいている赤い孔があらわになる。

「かわいそうに。真っ赤に腫《は》れて、まるでこっちも泣いているみたいです」

さっきまでフェンリスの太い竿でさんざんになぶられた秘唇に、ジーフリトが身をかがめてキスをした瞬間、こぷっと白濁が泉のようにあふれだした。

「はっ……ぁあん…ぅぅ……ん」

精液が逆流するだけで感じてしまうのか、再び淵がぱくぱくと淫らに開閉してしまう。今しがた大量にそそぎ込まれた精液が、繰り返しあふれでる様は雄の欲望を際限なくあおる。

「あぁ兄上様、フェンリスに注いでもらったものが垂れてきましたよ。こんなにたくさん」

白濁をぞろっと指でなぞると、悲愴な声が漏れる。

ジーフリトの雄は、浮きあがった血管をまとって恐ろしいほどにそそり勃っていた。

それはまるで、トドメを刺すための凶悪な刃にも見える。

「いやだ、見ないで……ジーフリト。お願いだから……あぁ、垂れてしまう……」

媚薬に侵された身体は思うように力が入らず、ただ快感だけを追って昂まっていく。

「なにをおっしゃいます。見せておいでなのは兄上様でしょう？　こんなにはしたなく汁をこぼして……でも、もうわたしも待ちきれません。早く兄上様の中に挿らせてください」

「あ、あ……ジーフリト。わかった。わかったよ。もう抱かれるのがいやだなんて言わない。ただ……せめて少しだけ、休ませてっ……こんな、続けて抱かれるなんて無理だっ」

体力のないテュールが哀れに慈悲を乞うが。

「すみません兄上様。ですが、わたしは本当に待てません。どうぞ中に挿れてください」

ジーフリトはテュールの身体を腰から折りたたみ、足首が顔の横につくほど深く抱き込む。まるですべてを捧げる娼婦《しょうふ》のような屈辱的な格好をさらし、そのプライドが引き裂かれた。

「あ！　ぁぁ……いやだ。恥ずかしい。おまえたち、僕にこんなことをして許されると思っているのか！　僕を誰だと思ってる！　どうしてこんな無礼なふるまいをっ」

だが、かけらになったプライドさえも、さらに二人がかりで粉砕されてしまう。

「なにを惚《ほう》けておられます。これは決闘を妨害した兄上様への罰だということをお忘れなきように。そしてあなたに忠誠を誓ったわたしたちを裏切った、これは少しばかりの復讐です」

「でも、でも、許さないっ……皇太子である僕にこんな侮辱など、絶対に許さない」

「では、どうなさるのです？　わたしを殺しますか？　さぁ、観念して力を抜いて……」

怒りと恥じらいで身をよじるテュールにかまうこともなく、ジーフリトは熱い凶器を孔に押しあて、一気にずぶずぶと肉を分けて挿っていく。

「あああっ」

「く……っ、そんなに、お締めにならないで……っ」

「あっ……ぁ…んん……熱い、熱いっ……中が、熱い」

猛《たけ》り狂った硬い肉塊は、そのまま粘膜をこすって一気に最奥に届いた。

「兄上様、わたしたちはあなたを心から愛しています。だからどうか無礼をお許しください。わたしたちは生涯あなたの僕《しもべ》で、そして奴隷なのです。心は永遠に縛られている。だからこれは、少しばかりの仕返しなのです」

ジーフリトは陶酔したようにしゃべりながら強く腰を打ちつけ、テュールの痩身はがくがくとはかなく揺さぶられている。

それをずっとそばで傍観していたフェンリスだったが、久しぶりに声を発した。

「ジーフリト。おまえは、やはりひどい男だな。少しは手加減してやらないと、我々の大事な皇太子様が壊れてしまわれるぞ」

そう諭しながら優雅に足を組み替えたフェンリスは、旨そうにワインを飲み干した。

「でも、壊れた兄上様も見てみたいだろう？」

「ふふ。おまえは本当に悪人だ。でも、壊れたテュールはきっと最高だろう」

共犯の笑みを交わすと、ジーフリトは今度、テュールの身体を貫いたまま器用にうつ伏せにひっくり返した。

「うん……ひ、痛いっ！　あぁぁ……ぁぅ」

体位を変えて、すぐに荒々しい抽送が始まる。

背後から打ちつける威力は壮絶で、テュールの身体が乱暴に前に押しだされると、ジーフリトは脇腹を摑んで強引に引き戻して再び腰を打ちつける。

最も深いところまで肉の剣が何度も到達して、テュールの精神はついに壊れ始める。

「いや……いやぁ！　許して。もう……もう。お願い……」

想像を絶する快感に目が眩《くら》み、テュールが無意識に敷布を摑んで膝で前に逃れようとするのを、さらに追いつめて何度も連続で突き続ける。

「ひ、っ……あっぅぅ！　……もう、突かないで。もう、無理……ぁぁ……あ！　そんな奥は、だめぇ」

「さっきフェンリスの精液をたっぷりそそいでもらったから、お腹《なか》がいっぱいなんですね？」

ジーフリトが尻を突きあげるたび、さらに孔の淵から白濁があふれてくる。

「テュール、おまえ、中から俺のものがこぼれてきているぞ。まぁ、それも仕方がないか」

すでにテュールは、ただ二人にもてあそばれるだけの玩具のようだった。

「ふふ。それにしても、この媚薬は相当な良品らしい」

「たしかにな。あぁ、ジーフリト。おまえもワインをやるか？」

今度はゆるく腰を使っているジーフリトに、フェンリスがワインを注いだ杯を手渡す。

「可愛い皇太子に」

「愛しい兄上様に」

二人は軽く杯をあてて乾杯したが、

「ぁぅ……ぅんんっ。あ…はぁぁん」

唯一人、二人になぶられ続けているテュールは全身を痙攣させて悶え狂い、ジーフリトの動きがわずかにやんだ今も、陶酔したように自ら腰を揺すって快感を貪《むさぼ》っている。

フェンリスは目を細めて、テュールのはしたない狂態を見つめていた。

「どうだジーフリト、皇太子様の孔《そこ》は、なかなかの名器だろう」

「あぁ、最高だ。それにしても…フェンリス。ワインを全部空けるなよ。兄上様にもあとで飲ませてさしあげないと」

「まだ充分あるさ」

ジーフリトはしょうがないなと苦笑してから、再び腰を抱え直して動きを再開する。

「あっ……あん……ぁふっ」

最初は苦しげな声だったのに、いつの間にか甘く卑わいな響きへと変わっていた。

「兄上様、いかがです？　わたしの味は」

「…いい、気持ち、いい………硬くて………ぁ、そこっ」

まるで性隷に成り下がったテュールは、凶悪なほど可愛いくて質《たち》が悪いと二人は思う。

「なぁフェンリス。どうだ？　今、兄上様を抱いているこのわたしがうらやましいか？」

「いいや……あぁ、そうだな。ただ、ねたましい。俺の可愛いテュールの中に、他の男が挿っているなんて……おまえを切り刻んで殺してやりたい」

「わたしだって同じ思いだ。これまで兄上様を独り占めしてきたおまえを、すぐにでも八つ裂きにしてしまいたい」

「ぁん……ぁぁ…ん、ぅぅっ………もっと、もっとして…」

最上級の二人の騎士からの鮮烈な告白も、半狂乱で悦ぶテュールには届いていない。

「おい、そろそろ集中してイかせてやれよ。本当におかしくなったら困る」

「そうだな。でも…兄上様なら、もうとっくに自我を失っているさ」

打ちつける間隔が短くなり、強さも増していく。

「ぁ……ぁ――――！」

開けっ放しの唇の端から、蜂蜜のように粘っこいヨダレが卑わいに垂れた。

目と唇の周りは、涙や汗や唾液ですっかり汚れていてとても哀れだったが、それは逆に男たちの保護欲だけでなく嗜虐心までをもそそる。

「くっ。もう、もたないっ」

抉るように深く狭い奥を刺し貫いた瞬間、ジーフリトは一気に弾けた。

「あぁぁ！」

同時に、テュールの先端からも、ずっと抑圧されていた白濁がとろとろとあふれていく。

翡翠の瞳はうつろで、もう誰も、なにも映すことなく放心していた。

「かわいそうな兄上様。ほら、いらっしゃい」

ジーフリトはテュールを抱き起こして優しく髪を撫でたあと、一人でベッドをおりる。

「さぁ。交代だ」

二人はこの輪姦をまるで愉しんでいるように、パンと手を合わせた。

フェンリスと交代で籐の椅子に腰かけたジーフリトは、別のワインを開けて喉を潤す。

再び寝台に乗りあげたフェンリスは、失神したかのようなテュールの頬を叩いて強引に覚《かく》醒《せい》させた。

「あ！　なに？　フェンリス？」

「あぁ俺だ。テュール、悪いがまだ眠るのは早い。今度はまた俺につきあってもらおう」

「そんな！　だってフェンリスとはさっき。あぁ、もう無理だ。お願い……もう、許して」

「大丈夫。おまえなら、まだできるさ」

フェンリスがテュールを乱暴に押さえ込んで肉を押しあてると、抗議は悲鳴に変わった。

「いやぁっ！　いやだ！　いやぁぁっ。もういやっ」

絡み合う二人を傍観しているジーフリトは、今度はワインを置いて水煙草を吹かし始める。

「フェンリス！　お願いだからやめて。もうできない。お願い……もう中には挿れないで」

「それは無理な頼みごとだ。悪いがこれは罰だと言っただろう？　おまえは俺たちに許しを乞わなければならない。上手くそれが叶えば、決闘を妨害した罪は忘れよう」

唇にちゅっと甘いキスをすると、フェンリスは暴れる身体をうつ伏せにして腰を掲げる。

「挿れないで。もう挿れないでっ！　お願いっ！　できないんだ。もう許してっ」

だが、やわらかく潤んだ秘唇は、それでも呆気なくフェンリスを飲み込んだ。

「どうした？　声も出ないのか？　ふう、それにしても、何度挿ってもたまらないな」

テュールはもはや皇太子の尊厳もなにもかも失って、敷布を掻きむしりながら挿入の快感に抵抗しようとしている。

だが媚薬のせいで、もう身体は快感しか拾えない。

「ぁぁ……ぅん。はぁっ」

「いいんだろう？　おまえ、また勃ってる」

フェンリスは突き刺す角度を微妙に変えながら、狙い通りに腰を律動させる。

「あ……はぁ……あん、あぁ…ん」

ふと、ジーフリトの吐きだす水煙草の煙に気づいたフェンリスは、腰を使いながらも興味深そうに尋ねる。

「旨そうにやってるな。どうだ？　煙草の味は？」

「ぁぁ……やぁ、あ、ぁぁん」

「なかなか旨いが、思ったより強い。おまえもやるか？」

ジーフリトは動き続けているフェンリスの口元に、水煙草の吸い込み口を押しあててやる。

「そうだな。なかなか旨いな。でも、あまりに強くてめまいがする」

「ひ、ぁ、ぁぁ……ぅぅ。許して。もう……許して」

テュールを貫きながらも、フェンリスは余裕綽々と煙草をくゆらせる。

煩悩に染まったかわいそうなテュールに二人は交互に口づけ、そして軽く頬を張って正気を取り戻させてから、甘い脅迫を刷り込んだ。

「テュール、早くどちらかを選んでくれ。でなければ、俺たちは何度でも同じことを繰り返すだろう」

単調に突かれながらも、少しだけ瞳に光が戻ったテュールがその問いに答える。

「ぁあ、でも…時間が……欲しい。フェンリスもジーフリトも愛してるから。時間を……」

それだけ言うのが精いっぱいだった。

「いいかテュール、俺たちはおまえを二人で共有するつもりなんて毛頭ない。だから、はっきりおまえの心が決まるまでは待つ。だが、そう長くは待てない」

涙に濡れた腫れぼったい目尻に、二人は愛おしげに同時に口づけた。

「さぁ、今度はわたしも一緒に」

ジーフリトまでもが再び寝台に乗りあげてくると、テュールは泣きじゃくりながら本気で暴れ始める。

「いやっ。いやぁ！　やめて、お願い、もう許してっ」

底のない深淵に延々と落下し続けていく錯覚。

テュールは二人の美丈夫に思うさまなぶられる自分が哀れだと思ったが、逆に幸福だとも感じていた。

最後にその耳元に、二つの声で甘美な告白がそそがれる。

『おまえだけを愛しているよ……テュール』

あとがき

早乙女彩乃です。諸事情で約一年半のブランク後の新刊発行となりました商業誌初のファンタジー。北欧風な架空世界を目指しましたがいかがでしたか？　内容的には攻二人、受一人の三角関係でした。トライアングルは大好物なので書くのが楽しかったです。ただ、私の中では【受を攻二人が仲良く共有する】という構図は考えにくいので、たとえこの先、どちらを選ぶか答えの出せないテュールを、フェンリスとジーフリトが共有する日が続いても、内面では互いに殺意を抱くほど嫉妬に狂っていてほしいですね。

今回の作品はファンタジーということで、私にはとても高いハードルでした。能力不足が最大の原因ですが、今回も編集のO様には設定の段階から終始お世話になり本当にありがとうございました。そして挿絵を描いてくださった兼守美行先生。イメージ通りの華やかで繊細な挿絵で作品を飾っていただき、大変感謝をしています。

それでは、また次の作品でお会いできれば幸いです。

早乙女彩乃先生、兼守美行先生へのお便り、
本作品に関するご意見、ご感想などは
〒101-8405
東京都千代田区三崎町2-18-11
二見書房　シャレード文庫
「皇太子の双騎士」係まで。

本作品は書き下ろしです

CHARADE BUNKO

皇《こう》太《たい》子《し》の双《そう》騎《き》士《し》

【著者】早乙女彩乃《さおとめあやの》

【発行所】株式会社二見書房
東京都千代田区三崎町2-18-11
電話　03(3515)2311［営業］
　　　03(3515)2314［編集］
振替　00170-4-2639
【印刷】株式会社堀内印刷所
【製本】ナショナル製本協同組合

落丁・乱丁本はお取り替えいたします。
定価は、カバーに表示してあります。

ISBN978-4-576-11156-8

http://charade.futami.co.jp/

CHARADE BUNKO

スタイリッシュ&スウィートな男たちの恋満載

早乙女彩乃の本

今夜、また縛って抱いてやるよ――

熱砂の王宮に白衣は咲く

イラスト＝ほづみ音衣

復讐のため、アラブの小国を訪れた医師の隆哉は診療所を営みながら機会を窺い、仇である国王イライジャの診察をすることに。だが、彼は思い描いていた暴君ではなく真剣に国政を考える若き賢王だった。イライジャを憎めなくなることを怖れた隆哉は、彼のもとを離れるが連れ戻され、媚薬で激しく犯されてしまい――。